三輪・キャナウェイ
The Pure White Kil
Miwa Canaway
真っ白い殺人鬼

真っ白い殺人鬼

CONTENTS

装画　清原紘
装幀　坂野公一（welle design）

絶対にアプリを持っていることは
秘密にしなければいけません。

プロローグ

夢や希望なんて、風船みたいなものだ。

だから内に空想を詰めれば詰める程、風船はとても大きく膨《ふく》らんで、高いところまで飛んでいき、割れた時に、より強烈な音が鳴るのである。

こうして風船を割るのは、いつだって大抵《たいてい》時計の針だ。この世で最も恐ろしく、風化や老いといった毒を持つこの針は、人の夢が詰まった風船を容易《たやす》く割ってしまうのだ。夢や希望とは、こんな風に、そのほとんどが時間によって殺されるのである。

もちろん、中にはこの毒針をとても上手《じょうず》に使う人もいるだろう。そんな人だけが、夢の風船が宇宙まで飛ぶのを守ることができ、誰《だれ》からも見上げられるような理想になるのだから。

つまり、何が大事かといえば、生きる上で時間というものは、使い方によって自分を殺す毒にもなれば、自分を強くする武器にもなるということだ。

ただここで一つ気を付けなければならないのが、あくまでも時間が凶器であることに変わりはないということである。

そして、それを上手に使うというのが、どういうことかというと、単純な話だ。

星が輝く宇宙というのは、多くの人が見上げられるほど高く広いものであるが、それに比べて、そこに辿《たど》り着くまでの空という道は、ものすごく狭いのである。だから高みを目指すために、自分の夢や希望を風船に詰めようとすれば、他の人間が膨らませようとしている風船と競《せ》り合うことになってしまい、とても窮屈《きゅうくつ》な思いをしなければいけなくなる。いついかなる時も、上を見れば星の数ほど理想があり、下を見れば砂の数ほど欲望があるこの世界では、自分の夢や希望を十二分に押し通すことなど、とにかく難しいのだ。

そういう時にこそ、毒針を使う。

相手の風船を、割ってしまうのである。

一章

一条仁

「ねえ、秘密のアプリって知ってる？」

それは昼休みのことだった。小うるさい蟬声《せみごえ》が、閉め切られた窓を外から叩《たた》いて、空調の音がごうごうと頭上で唸《うな》る。しかし、そのどちらも気にならないくらい甲高くて、底意地の悪そうな声が聞こえ、教室の中が少しだけ静かになったように感じられた。

僕は思わず弁当をつつく箸《はし》を止め、声がした黒板前の方に聞き耳を立てた。顔を上げてしまうと、「何見てんの」と、ガラの悪い彼女たちに気付かれてしまうためだ。だから普段は、僕を含めてたくさんの生徒が、彼女たち三人と関わらないようにしている。

けれども今回ばかりは、僕以外にも何人か、彼女たちの話し声に耳をかたむけているようだ。教室の中が少しだけ静かになったのは、そういうことだろう。

秘密のアプリの噂《うわさ》というのは、それくらい、学校の中で流行《はや》っていた。

「最近有名なやつだよね。過去を変えられるとかなんとか」

「そうそう、可愛《かわい》くなったり、お金持ちの家に生まれなおしたり……なんなら、人の死をなかったことにしたりとか、本当になんでもできるんだって」

「でも、どうせ噂でしょ？　私そういうオカルト興味ないんだけど」

「まあ確かにそうだけどさ。もし本当にあったらどうするって話。なんでもできるんだよ？　彼女たちの話題に上がっているように、秘密のアプリの噂とは、好きなように過去を変えられるという単純なものだった。

しかし、だからこそわかりやすくて、たくさんの生徒に受け入れられた。過去を変えられるという所が重要なのだ。もしこれが未来についての話で、夢や望みを叶《かな》えられるというものならば、変な噂話に頼らずとも努力でなんとかできるかもしれない。

でも過去は絶対に変えられず、犯した罪や、刻み込まれた傷痕というのは、永遠に消えないのである。

だからやはり、僕は秘密のアプリというものに対して魅力を感じていた。

そうやって考えている間にも、彼女たちは話を続けた。

「それなら私、隣のクラスの双葉《ふたば》君の彼女になりたーい。野球上手《うま》くて頭も性格も顔も良《い》いとか最高じゃん？」

「確かに。なんであんなタバコ女なんかと付き合ってんだろ？」

「顔でしょ顔。あのタバコ女、服着てれば見てくれだけは良いから」

「ねー。つうか、よくあんな気持ち悪いの人前に晒《さら》せるよね。ホント勘弁《かんべん》してほしいんだけど」

教室の前で固まる三人の白い夏服が、まるで入道雲みたいに見える。巨大な悪意の塊《かたまり》で、腹の内に雨や雷みたいなじくじくとしたものを抱えており、結託しているぶん余計にたちが悪い。

しかし僕は、そんな彼女たちの言葉に、不快感よりも心配を覚えた。
なぜならタバコ女という言葉は、とある人物にとって禁句であったからだ。

「あなたたち、今春乃《はるの》の話をしてたでしょ?」

その一言は恐ろしく、ドスが利《き》いていた。事実、冷たく鋭利な彼女の言葉の刃《やいば》は、教室に僅《わず》かに残っていた談笑の気配すらも一刀の下に伏し、誰も気軽に口を開けないような緊張感を周りに強《し》いた。

僕は口をつぐんだまま、思わず、他のみんながしているみたいに教室の前の方へ目を向けた。すると噂話をしていた三人の女生徒の前に、ひたいに青筋を立てた学級委員長、吾妻結衣《あずまゆい》が立っていた。

彼女は悍《おぞ》ましいほどの美人である。高い鼻筋や細い顎《あご》。はっきりとした二重《ふたえ》や顔の細部がぱきりと鋭利であり、日本刀じみた意思迫力の猛々《たけだけ》しい美貌《びぼう》を持っているのだ。それにただ顔が良いというだけではなく、手足が長く、学年で一番頭が良く、規律正しい、潔癖的《けっぺきてき》な精神を持つ人である。

そんな吾妻は、普段は冷静であるのに、とある話題になると人が変わったように狂暴になってしまうのだ。

それは彼女が唯一の親友としている、三宮《さんのみや》春乃、つまりタバコ女と呼ばれていた生徒に関する、悪意ある話題である。

「そういうのやめてくれない？　気分が悪いのよ。大体あの子は、あんたらみたいなブスより、身も心もよっぽど綺麗《きれい》よ」

高校二年生にしてはあまりにも強すぎる威圧《いあつ》に、女生徒たちは言い返す気力も湧かないようだった。特に吾妻自身が非の打ちどころもない美貌を持っているために、なおさらだ。

だから、彼女たちは逃げようとしたのだろう。女生徒の内、一人が口を開いた。

「……ふうん。吾妻さん三宮さんと仲良かったんだー。ごめんね、次から気をつけるよ」

軽口風に言って、そそくさと弁当を片付け、女生徒たちは席を立とうとした。

しかし、吾妻はそれを許さなかった。長い右足を持ち上げると、何の遠慮《えんりょ》もなしに、彼女たちが寄せていた机を纏《まと》めて蹴《け》り飛ばした。もつれあいながら倒れた机は盛大な音を立てて、中に詰められていた教科書やらノートやらの臓物たちがぶちまけられる。暴力的な光景だ。静まり返っていたクラスの中に、更《さら》に身動きさえできないような、重圧じみたものがのしかかってきた。

「誰も、私がいないところで春乃の悪口を言えなんて言ってないわ。私は、もう二度と春乃の悪口を言うなって言ったの。だから、次なんか無いはずでしょ？」

唖然《あぜん》として動けなくなった女生徒たちに吐き捨てるように言い、更にもう一歩、吾妻は彼女たちに詰め寄ろうとした。それを見ていよいよまずいと思い、彼女を止めるため、僕は箸を置いて、立ち上がろうとした。確かに吾妻が怒った時は恐ろしいが、僕は彼女が普段どれだけ聡《さと》く、友達思いで、誠実であるかを知っていたため、他の生徒程、吾妻を恐ろしいと思わなかったのだ。

だがその時、教室の前の方のドアが開いた。

そこには、ひとりの男子生徒が立っていた。

丸めた頭の天辺《てっぺん》からこんがりと日に焼けた肌。厚い胸板は逞《たくま》しく、夏服の袖《そで》から突き出た両腕は筋肉質である。見た目通りに頼もしい男で、屈強な体つきは部活生らしい。先ほど話題に上がっていた、野球部のエース、双葉草太《そうた》だ。

彼は扉を開けた格好のまま、あまりの空気の重苦しさと、教科書やノートをぶちまけて倒れる死体のような机を見て、少しだけ驚いたようになる。

だが、あくまでも少しだけだ。彼は逞しい容姿の通り、怯《ひる》むことなく、恐ろしい怒気を放つ吾妻へと視線を据《す》えた。

「吾妻、どうしたんだ？　これお前がやったのか？」

倒れた机を目端に捉《とら》えた草太は、尋ねながらも、あらかたの事情を察しているようだった。

彼もまた、僕と同じく吾妻と交流があるため、彼女がどんなことで怒るかを理解しているのだ。

「こいつらが春乃の悪口を言ってたのよ。陰湿にね」

「だからって、ほら、教室なんだ。周りに人もいるだろ？」

「あのね、貴方《あなた》は何も思わないの？　春乃の彼氏なんでしょ？」

草太が宥《なだ》めにかかるが、吾妻は未《いま》だ苛立《いらだ》っている。それに草太も言い返されて、言葉を詰まらせていた。彼も、もちろん春乃の悪口を言われて良い気はしないだろうが、だからといって吾妻みたいに攻撃的になることはないのである。

それでも草太が現れたことによって、少しだけ教室内の緊張が和《やわ》らいだ気がした。

だから、僕も再び動きだした。草太が止めてくれたのならと携帯を取り出し、メッセージアプリを開いて、とある人物に文章を送った。

すると言い淀《よど》んでいる草太の後ろに、すぐに別の人影が現れた。

彼女こそが、タバコ女と陰口を叩かれていた女生徒、三宮春乃である。

「どうしたの、結衣？　何かあった？」

なんとも気さくで、明るい声音。清涼感があって、本当に底から潑溂《はつらつ》としており、何よりも吾妻に一番効く声である。

「春乃。貴方、どうして……」

現れた春乃を見て、一気に吾妻の怒気が抜けた。

「いやぁ、ほら、愛《いと》しい愛しい草太を追いかけてきちゃったみたいな？　あはは！　ねーえ草太、私たちラブラブだもんねー！」

天真爛漫《てんしんらんまん》に笑う春乃は、大胆にも草太の腕に抱きついた。いかにも奔放《ほんぽう》という感じの彼女は、こういったところが非常にオープンであり、草太も戸惑いを隠せない様子だ。

「おい春乃、こんなところで引っ付くなって」

「えー、じゃあここ以外なら良いの？」

「そういう意味じゃないが……」

二人の惚気《のろけ》のおかげか、教室の中の重々しい空気が一変した。あまりにも明け透けな春乃の振る舞いに、ぽつりぽつりと笑いまで出てきたのだ。その隙《すき》をついて三人の女生徒たちは、足早に教室を抜け出してしまう。吾妻もこれ以上その三人にとやかく言うつもりもないようで、腕組みをしてため息を吐《つ》いた。

そこで僕も立ち上がり、教室の前の方に行くと、吾妻が蹴り倒した机を起き上がらせ、ぶちまけられた教科書やノートを拾い上げる。

すると、吾妻が隣に来て、一緒にものを拾い始めた。

「ごめんなさい一条《いちじょう》君。私がやったんだから、自分で拾うわよ」

すでに吾妻は、いつもの冷静で聡明《そうめい》な人物に戻っていた。声音は硬くはあるが、それは騎士が身に着ける鎧《よろい》や盾《たて》のように高潔そうであり、向かい合うと恐ろしいものの、並ぶとやはり心強いものだ。

「別にいいよ。あれはやっぱり、向こうが悪いから。もちろん吾妻もやり過ぎだと思うけどね」

詳しく経緯は知らないが、春乃と吾妻は中学時代からの親友らしく、特に吾妻から春乃への感情は、単なる友情を越えた忠誠心じみていた。それだけ吾妻は、春乃のことを大切に思っているのだ。

そんな親友という関係は、ずっとおかしなやつ、であったり、変人と呼ばれてきた僕にはないものだった。

だから、やはり吾妻の怒りはやり過ぎているとは思うものの、一概に悪いものとも思えないのである。

それだけ純粋に人のことを想《おも》えて、大切な人がいるということは、凄《すご》く幸福なことに思えるから。

考えていると、入り口の方から草太がずしん、ずしんと歩み寄ってきた。彼は本当に体が大きく、目を合わせようとすると、平均的な身長の僕では首が痛くなってしまう。

「全くだ。いきなりあんなに睨《にら》まれたんじゃ、たまったもんじゃない」

「……悪気はなかったわよ。つい、かっとなっちゃって。ごめんなさい」

潔《いさぎよ》く頭を下げる吾妻に対して、草太も僕と同じように、理解のようなものを示していた。そうしながら、ふと僕は、草太の腕にカブトムシのようにしがみついていた春乃が、もうどこにもいないことに気が付いた。

「あれ、草太。春乃は？」

「ああ、次の時間プールだろ？　あいつ、その……あれがあるから、早めに着替えに行くんだよ、いつも」

草太が言った春乃のあれとは、彼女がタバコ女と陰口を叩かれる原因になっているものだ。不良じみて煙草《たばこ》を吸っているからタバコ女と言われているわけではないのである。

むしろ彼女は誰よりも差別をせず、誰とも気さくに交流をして、誰にでも気遣いができる人間だ。今回も、僕が「吾妻が怒ってる」とメッセージを送っただけで全てを察し、すぐに駆け付けてきてくれた。

ただ、すでにいなくなったところを見れば、草太が言うとおり、春乃はこれから着替えに行こうとしていたところだったのだろう。彼女のあれを知っていれば、仕方がないとも思える。そうなると、僕は意図せず、彼女を引き留めてしまっていたらしい。

「悪いことしちゃったかな」

呟《つぶや》くと、草太が眉《まゆ》を顰《ひそ》めた。

「どうした、仁《じん》？」

「いいや、なんでもないよ」

結局三人で倒れた机を元通りにすれば、吾妻がすっかりいつもの委員長気質を取り戻し、てきぱきとした口調で切り出した。

「二人ともありがとう。じゃあ、次の体育はプールだし、遅れないようにね。あのセクハラハゲ怒らせると面倒だし。あんなのが担任だなんて、春乃と双葉君には同情するわ」

先ほどまでの三人組の女生徒に対してではなく、吾妻は、今度は彼女がセクハラハゲと蔑《さげす》む体育教師に対しての苛立ちを垣間見《かいまみ》せる。無論、それこそ仕方のないことではあるのだが、舌打ちをした彼女はやはり恐ろしい。

そんな時、こっそりとした陰口が、また聞こえる。

「さっきの吾妻、マジで怖かったよな」

どうやら二人には聞こえていないようで、だからこそ僕も、聞こえていないふりをした。

すると次に陰口は、また、噂話をした。

「やっぱり、人殺したことあるって噂も、本当なんじゃないのか？」

冗談交じりに、笑いながらに紡《つむ》がれたその声は、いつも通り、普通に戻った教室の賑《にぎ》わいの底へと、沈んでいった。


「じゃあ今日はタイム取るぞー」

昼休み明け、複数クラス合同での体育の授業。青いタイルが敷かれたプールサイドに制服のまま座り込み、吾妻がセクハラハゲと揶揄《やゆ》していた体育教師、睦月忠一《むつきただかず》の言葉に耳を傾けていた。

「女子はクロール、男子は平泳ぎだ。既定のタイムに届かなかった者は来週補講を行う」

中年らしくでっぷりと太った腹を揺すりながら睦月先生は告げた。生徒たちからため息が溢《こぼ》れる中、睦月先生は脂《あぶら》ぎっててかてかと光る顔面をこちらに向けた。

「それから今日見学の一条、雪月《ゆきづき》の二名も、通常の補講とは別に来週の補講にも出てもらうからな。では、各自一度通しで泳いで、二周目からタイム測定だ」

睦月先生が言い終えると、集合していた生徒たちはぶつくさと文句を垂れながら各コースへと歩き始めた。僕はその流れとは反対方向へと進み、プールサイドの一角に設けられてある見学者用の日除《ひよ》けを目指す。

「い、一条君も見学なの？」

日除けの下へと辿り着くと、そこには同じクラスで中学からの付き合いである、雪月すみれが立っていた。小柄な体を包んでいるのは水着ではなく、僕と同じ夏服で、伸ばした黒髪が起伏の乏しい胸元まで届いている。

「うん、水着忘れたんだ。すみれも？」

僕が返すと、すみれはあははと花も恥じらうように口元を隠して笑った。いかにも平凡な、彼女らしい仕草である。

「今朝《けさ》ちょっと寝坊しちゃって、急いで家を出たら忘れちゃったみたい」

「そう、お互いツイてないね。タイム測定の日に水着を忘れるなんて」

「だね。まあ、私は泳ぐの遅いから、結局補講には出なきゃいけなかっただろうけど」

二人して日除けの下に座り込み、つんとした塩素の匂《にお》いの中で言葉を交わす。夏らしい快晴の下できらきらと輝くプールの水面にはたびたび白い飛沫《しぶき》が舞い、その都度風が冷たくなるのを感じた。

「あ、春乃ちゃんだ」

プールを眺《なが》めていたすみれが、周りより一際《ひときわ》高い水飛沫を上げて水面を掻《か》く女生徒を指差した。そのか細い指の先で泳いでいる春乃は、同じグループの女生徒たちよりも体一つ分先を泳いでおり、いち早く二十五メートル先の壁へと手を付いた。

「春乃ちゃんすごい！」

プールサイドに上がり、白い水泳帽の下の茶髪から水を滴《したた》らせる春乃に向けてすみれが手を叩く。

するると、こちらに気付いた彼女は、威勢のいい目つきで笑いながら近付いて来た。

「でっしょー？　私ってば運動神経超良いから。そういうお二人さんは授業サボってなにいちゃいちゃしてんのー？」

「べ、別にいちゃいちゃなんかしてないよ！　ただ偶然、お互い水着を忘れただけで」

赤くなって否定するすみれに「本当？」と意地悪く笑いながら近付き、春乃はすみれの耳元で何事か囁《ささや》いた。その途端にすみれは赤くなっていた頰《ほお》に更に朱を加え、目をぐるぐると回し出す。

「何言ったの？」

「さあ？　女の子同士のヒ・ミ・ツ。いやーやっぱ青春っていいわ。せっかくの二人きりを邪《じゃ》魔《ま》しちゃ悪いし、私も草太のとこ行こーっと」

ばいばいと僕たちに手を振りながら春乃は振り返った。その時、彼女の濡《ぬ》れたスクール水着の背中に幾つもの煙草を押し付けられた痕《あと》が見えた。

それこそが彼女がタバコ女と呼ばれる理由だ。春乃は幼いころに父親から虐《ぎゃく》待《たい》を受け、その傷痕が、彼女の身と心に深く刻まれているのである。

実際、彼女が歩くたびに数人の生徒が、その傷痕へと視線を送ってしまっていた。見ないようにしようとしても、目に入ってしまうものなのだろう。中には露《ろ》骨《こつ》に顔をしかめてしまう者までいた。

だが春乃は、そんな視線など気にしていないように、「そういえば」と振り返った。

「さっきはありがとね、仁。教えてくれて」

微《ほ》笑《ほえ》んだ彼女の顔は、あまりにも柔らかく、慈《じ》悲《ひ》に富んでいるように見えた。春乃はただ明るいだけではなく、辛《つら》い過去と戦う強さも、痛みを知っているからこその優しさも持っている、思慮深い人なのだ。

「こっちも、ありがとう。急いでたのにすぐ来てくれて」

春乃はへらりと明るく笑い、今度こそ草太の所に向かって行った。

そんな春乃を見送りながら、僕は隣に座るすみれに言った。

「すごいね、春乃は」

ただ返事が返ってこず、どうしたのかと彼女の顔を見てみると、すみれの顔は真っ赤に茹《ゆ》で上がったようになっていて、口の中で飴《あめ》でも転がしているかのように何かを呟いていた。

「ふ、二人きり……何か話さないと……」

先ほど春乃に吹き込まれた何かが、彼女の頭の中を蹂躙《じゅうりん》し、何やらすみれを苦しめているようである。

「……大丈夫？　すごく顔赤いけど、体調悪い？」

見かねて顔を覗《のぞ》き込むと、彼女は「ひゃあ！」と悲鳴を上げて飛び退《の》いた。

「だ、大丈夫、大丈夫だけど、ちょっと考えさせて！」

「……何を？」

胸元まである長い髪を両手でいじりながら顔を隠すすみれに、僕は眉を顰めた。彼女は中学時代から、こんな風に突拍子もなく会話が困難になる時がある。普段はいかにも平凡という感じで、話しやすく、良い友人であるために、余計に心配になるのだ。

そうして、未だ何事か呟いているすみれの顔にようやくあっとひらめきのようなものが掠《かす》め、身振りも交えながら話し始めた。

「い、一条君って、最近噂の秘密のアプリってどう思う？　あの過去を変えられるってやつ。

もし本当にあったら、どんな過去を変えたい？」

若干《じゃっかん》食い気味になってすみれは捲《まく》し立てる。その問いに対して、一呼吸考え、答える。

「どうだろうね。過去を変えるって言っても、何をどう変えればいいのかわからないよ。僕にとっては、全部当たり前のことだったから」

するとすみれは、少しだけ悲しそうに目を伏せた。

「……そうだったよね、ごめん」

すみれは、僕がこれまでおかしなやつ、だったり、変人と呼ばれてきたことを知っていたのだ。

「そう言うすみれは、どんな過去を変えたいの？」

尋ねてみると、彼女は顔をしかめて唸った。

「うーん、私は普通だから……」

彼女は、少しだけ、自虐的に笑った。それはすみれがたまに見せる表情である。

「でも本当に過去を変えられるなら、もっと優しくて……強い人に、なりたいな」

「そっか、すみれらしいね」

相槌《あいづち》を打つと、僕は再びプールへと目を向けた。

沢山《たくさん》の生徒たちが泳ぎ、水の中を巡っていく。いくつかのレーンで、順繰りに人が泳いでいくのは、工場の流れ作業を見ているみたいだった。

そして自分自身が、その輪の中から摘《つま》みだされた不良品のように思える。それは水着を忘れたからというよりも、これまでの人生でずっと感じてきたものであり、他者からの疎外感《そがいかん》じみたものだ。きっとあの中で泳いでいても、僕は僕自身をそう思うだろう。

僕も、どうやってなればいいかはわからないけれど、なりたいものを、口にする。

「本当に過去が変えられるなら……普通な人に、なりたいよ」


夕方になり、学校が終わる。普段ならキンコンカンと深く響くチャイムを背にまっすぐ家路に就くところだが、今日ばかりはその機械的な鐘の音の中に留《とど》まっていた。

理由は単純に、進路選択に関する調べものである。もう二年生の夏となり、本格的に自分の道というものを考えなければならないタイミングだ。

ならばと僕が足を運んだのは、グラウンド近くの特別棟三階にある、人気の無い図書室であった。

がらがらと重い立て付けの引き戸を開き、入り口からすぐのところにある受付に向けて声をかける。

「失礼します」

「あら、一条君じゃない。いらっしゃい。放課後に来るなんて珍しいわね」

僕の声に応え、カウンターの奥から若い学校司書、谷津《たにつ》峯子《みねこ》先生が出てきた。しっかりと整えられた身だしなみと不健康そうな目元のクマが不一致な彼女は、いつも通りの酷《ひど》い猫背でふらふらと歩き、膨よかな胸元には幾冊かの分厚い本を抱えていた。

「なにか調べ物？」

「はい、進路関係で少し」

「そう、それなら時計の前の本棚に纏めてあるわ」

いつも生徒に見せる親切そうな微笑みで図書室中央付近の壁時計を指差し、谷津先生はそう言った。

その直後、図書室の重い引き戸を不躾《ぶしつけ》な言葉が飛び越えた。

「峯子ちゃんいるー？」

潑剌とした、明るい声音だ。その言葉の主である女生徒に対して谷津先生は抱えるようなため息を吐き、猫背の背中を更に丸めた。

「三宮さん？　峯子ちゃんではなく谷津先生と呼びなさいと、何度言ったらわかるの？」

「あはは、ごめーん次から気ぃつけるわ。てあり？　仁がいるじゃんめずらしー」

相変わらずの威勢のいい態度でその女生徒、春乃は言った。

「なに、仁も勉強教えてもらいに来たん？　峯子ちゃんは渡さないよー？」

悪戯《いたずら》好きな子供のように白い歯を覗かせて笑い、手に持った学生鞄《がくせいかばん》を振り回して春乃は僕と谷津先生に近付いて来た。若干日焼けした肌と茶色い短髪がいかにも運動神経抜群な印象を与える彼女は、緩く着流した制服も相まって制汗剤か何かのコマーシャルに出てきそうだ。

「僕は別の用事だよ。ていうか、春乃こそ勉強目的なら吾妻でも呼んだ方が良かったんじゃないの？　学年一位なんだし」

「んー、だめだめ。結衣ってば、テスト一週間前になるまで『まずは自分を完璧《かんぺき》に』って勉強教えてくんないんだよ。草太だって部活があるし、仁は男子だから、草太のいないところで二人きりってのは、ちょっと草太に悪いじゃん？　頼みの綱のすみれも用事があるって言ってて」

頭の後ろで手を組み、春乃は言った。直後隣に立つ谷津先生に抱きつき、その豊かな胸に顔を埋《うず》めて猫撫《ねこな》で声を出す。

「だからー頼むよ峯子ちゃーん。今回はホントやばいんだよ！　今度ジュース奢《おご》るからお願い！」

「ちょっと、離れなさい三宮さん。そんなことしないでも教えてあげるから」

「やったー！　峯子ちゃんってば超優しい。おっぱいもおっきいし、私が男だったら絶対アタックしてるよ」

調子よく口を動かし、春乃はようやく谷津先生から離れてにっと笑った。片や谷津先生は疲れた様子で乱れた花柄のシャツを正し、抱えた本を重そうに持ち直した。

「もう、三宮さんといると普段の三倍疲れるわ。まだ返却本の整理が終わってないのに」

「峯子ちゃんが体力ないだけだよ。もっと体動かさなきゃ！」

春乃は受付横にある返却用の本棚に歩いて行き、その中から数冊取り出して、本の背表紙の棚番号を確認した。

「まあ、勉強教えてもらうだけってのは悪いから、本の整理ぐらいは手伝うよ」

「……本の整理が終わらないと谷津先生は春乃に勉強教えらんないし」

僕が呟くと、春乃はふっと含みのある表情で笑い、持っていた本の山を僕に手渡した。その重さに危うく何冊か取り落としそうになるものの、春乃がばしんと僕の肩を叩いて喝《かつ》を入れる。

「ほら、頑張れもやしっ子！　折角《せっかく》だし、私が仁のもやし体力を鍛《きた》えてあげよう」

「それって、僕も利用されてるだけなんじゃない？」

「まだ元気あるね。なら、倍くらいいっとく？」

春乃が新しく返却本を手に取ろうとしながら、僕を見つめる。その言葉と表情に負け、僕は結局本を棚に戻す作業を始めた。

強引な彼女のことだ。なんだかんだとこのまま、谷津先生との勉強会に僕も引っ張り込んでしまうのだろう。ただ、それもしょうがないと思えるほどの愛嬌《あいきょう》というものを春乃は持っていた。

彼女は本当に人が善《よ》い。

ふと目を向けた窓の外のグラウンドで、野球部が練習しているのが見える。

そこには草太の姿を見つけることができた。遠目でもわかるくらい大きい体で、誰よりも熱心に練習に励《はげ》んでいる。春乃の方を確認してみると、彼女も草太のことを見つめていた。今日も、いつも通り草太の練習が終わるまで待ってあげるのかもしれない。

本当に、仲が良い二人である。

二章

三宮春乃

眠い。

自分から峯子ちゃんに頼んだにも拘《かかわ》らず、なんたら方程式がどうのと教えられても、ほとんど理解ができなかった。そのせいで数学の問題集は少ししか進まない。もちろん峯子ちゃんの教え方が悪いというわけではなくて、単純に私の集中力の問題だ。

そもそも、私は勉強というものにうまく専念できないのである。もっといえば、同じ場所でじっとしていられないというか、ただ座って何かをしていると、まるで見えない鎖か何かで縛《しば》り付けられているような、窮屈な感じがして、苦しくなるのだ。だから小学生の頃なんかは、授業中によく立ち歩いて先生に怒られたし、もっと小さい頃は色んな事が気になってしまって、コンセントに指を突っ込んで感電したり、道に落ちている石を口に入れてお腹《なか》を壊したりしていた。

自分でも変な子供だったと思う。そのせいで、私がそんなおかしなこと、言い換えれば悪いことをするたび、パパの煙草が背に押し付けられたのだ。

痛くて、熱くて、どれだけ泣いても、お前が悪いんだと言われた。

ママがどれだけもうやめてと言っても、やっぱりパパはやめなかった。

そして、うるさいって、パパはママもぶつようにもなった。

だから、ママの為《ため》にも、やっぱり私がお利口さんにしなくちゃいけなかった。

ああ、ちゃんとしなきゃ。

「春乃？」

「ひゃい！」

微睡《まどろ》んでいたところに声をかけられて、思わず大声を出してしまった。

「大丈夫？　うとうとしてたみたいだけど」

隣の席からの声だった。寝ぼけまなこをこすり、意識を覚醒《かくせい》させると、声をかけてくれた仁の輪郭が鮮明に見えてくる。

特筆するような身体的特徴は何一つとしてない。強いて言うなら、髪の毛が癖っ毛なくらいだろうか。一度顔を見ても、目を逸《そ》らせば、すぐにどんな顔だったか思い出せなくなるような、そんな容姿の彼。

しかし、あくまでもそれは一見しただけの印象だ。彼と言葉を交わしていると、あまりにも淡々としていて、本当にたまに、ちょっとだけ、何を考えているのかわからなくて、怖いと思ってしまう。

まさに今がそうだった。口では私を心配するように言っていても、起きぬけに目を合わせると、無機質な人形に見つめられているような、寒気じみたものを感じるのだ。

けれどと、そこで私はかぶりを振った。仁の人となりがどんなものであるかは理解している。一見影が薄く、話せば時々恐ろしくとも、彼の根っこのところは友達思いの素直なものだ。

「あ、あはは……ごめんね、私から教えてって言ったのに、駄目《だめ》だよね」

頬を掻きつつ、そんなちょっと不思議くんな仁に返すと、ちらりと横目でこの場にいるもう一人へと視線を送る。

するとそのもう一人、私の真向かいに座る峯子ちゃんは、呆《あき》れたようにため息を吐いた。

「もう、三宮さんったら、集中しないと駄目じゃない」

「いやー、えへへ、ごめんごめん。やる気はあったはずなんだけどな……それで、どの問題だったっけ」

「ここの問三でしょう。ほら、ここの公式は……」

峯子ちゃんが言おうとした時、その声に被《かぶ》さる様にして、がらがらと図書室の扉が開く音がした。

音につられてふと目を上げると、入り口の所に見覚えのある白衣の男性が立っているのが見える。真っ黒な縁の眼鏡《めがね》をかけていて、いかにも頭が良くて真面目《まじめ》そうであり、けれどもぶっつと生えた無精《ぶしょう》ひげが、その堅苦しさを良い具合に粗くさせていた。

彼は図書室に入ってくるなり、何やら受付の方を窺《うかが》っているように見えたので、思わず、声をかけてしまった。

「あ、ゆうくんじゃん。何しに来たのー？」

するとゆうくんは、びくりと驚いてみせた。焦《あせ》ったようにも見える。挙動不審で、どこかおかしい。

しかし彼がこちらを振り返ると、その顔に焦りというよりも、安心感のようなものが浮かんできて、私はなるほどと納得した。

それは、とある噂、についてのことである。

「こら三宮。なんべんも言ってるだろ。ちゃんと七浜《ななはま》先生と呼べ」

私の納得に気付いていない様子で、ゆうくんは、努めて呆れたように振る舞いつつ、図書室の奥の机で勉強をする私たちの元へと歩み寄ってきた。

私はまたちらりと真向かいに座る峯子ちゃんの方を盗み見る。すると彼女もゆうくんを見て、どこか安心したような、いや、むしろ見惚《みと》れているような顔をしていた。

そう、とある噂というのは、何かと生徒人気が高いこの二人の教師が、デキているのではないか、というものである。

「あはは！　ゆうくんってば峯子ちゃんと同じこと言ってるー！」

囃《はや》し立てるように言ってみれば、ゆうくんと峯子ちゃんは揃《そろ》って少しだけ顔を赤くし、しかし流石《さすが》大人と言うべきか、すぐに平静を取り戻した。

「三宮さん、勉強中でしょう。ちゃんと集中しなさい」

いかにも怒り慣れていないという感じの峯子ちゃんだ。先生としての恰好《かっこう》ばかりはしっかりしようとしているものの、地の優しさが隠せておらず、そういうところが親しみやすいのである。

「じゃあキューケイにしよ！　ほら、折角ゆうくんも来たし……なんか用があって図書室来たんでしょ？　あ、もしかしてサボりだった？」

「んなわけあるか」

言い返したものの、ゆうくんは切り出しにくそうにしていた。というのもなんだかちらちらと私と仁を見て、「まぁ」とか、「その、なんだ」とか、歯切れ悪くしているのである。

すると、ゆうくんと目が合った仁が口を開いた。

「谷津先生を探されていたんですよね？　これから休憩みたいなので、僕たちのことは気にしないでください」

その一言はなんとも直球で、私でさえ驚いた。仁は何かと鋭いところはあるものの、基本的に感情の起伏、というより感情自体に疎《うと》いところがあり、こういった恋愛事に対しては、むしろ鈍いとまで思っていたのだ。中学の頃から彼に片思いしているすみれの想いに、今なお気付いていないところなんか、まさにそうである。

「な、一条、なんでそれを」

「なんでって……先ほど、七浜先生が来られた時、受付の方を窺っているように見えたので」

言い当てられたのか、ゆうくんは少しだけ唸り、峯子ちゃんを見下ろした。

「じゃあ、少しだけ……いいですか？」

「あ、は、はい……」

どこか緊張しながら立ち上がった峯子ちゃんを、ゆうくんはしっかり待って、二人揃って図書室の外まで歩いて行ってしまった。並ぶ背中を後ろから見ていると、やっぱりどこか距離感が近いような、近くないようなもどかしい感じがして、件《くだん》の噂話が私の中でアツくなる。

そうして昂《たかぶ》った野次馬根性のまま、隣に座る仁の服の袖《そで》を強引に掴《つか》み、立ち上がった。

「ナイス、ナイスだよ、仁。ほら行くよ」

「ちょっと、急にどうしたの春乃……行くってどこに？」

「覗きに決まってんじゃん。」

「……覗き？」

「仁もあの噂知ってたんでしょ？　ほら急いで！」

どんな時も慌てないというか、マイペースというか、ぼんやりとしている仁を引っ張り、図書室の廊下側の窓際まで急ぐと、丁度渡り廊下の辺りまで歩いて行った二人が、親密そうに話しているのが見える。

二人きりになったからか、峯子ちゃんもゆうくんも随分《ずいぶん》と砕けた様子で話しているみたいだ。

浮《う》ついた話が大好物である花の女子高生として、こんなにホットな噂の現場を生で見られるとは思っておらず、なんだかにやにやとしてしまう。

しかし、隣で眉を顰めている仁はといえば、イマイチ話に付いてこれていないみたいだ。

「噂って何？」

「今一番キてるやつだって。あ、手繋《つな》いだよ！　手繋いだ！　きゃあ！　すごい！　……いや、何か渡しただけっぽい？」

仁との会話もそっちのけで、鼻息すら荒くして二人を覗き見する。ゆうくんが手を伸ばし、峯子ちゃんの手をとったように見えたが、何かを渡しただけみたいだ。ただ、何を渡したかまでは見えない。

「うーん、なんだろあれ、仁は見える？」

「さあ……よくわからないけど」

呆れるでもなく、困惑するでもなく、やはり仁は淡々としていた。相変わらず不思議な雰囲気の友人である。

そう思っていると、ふと、彼の声が低くなった。

「それで、噂っていうのは……秘密のアプリのこと？」

いつもとは違う雰囲気の仁の声に、途端に興奮が静まって、びくりとしてしまう。振り返ると、彼がたまに見せる、あの何を考えているのかわからない、真っ黒に塗りつぶされたような目がそこにあった。

「え、えっと、ううん？　あの二人の噂のことだけど……」

まさか、自分勝手にし過ぎて怒らせてしまっただろうか。だが、あの穏やかというか、感情に乏しいような仁が怒るところなど見たこともなく、想像もできないため、余計得体のしれない不気味さみたいなものを覚えてしまう。

私が驚き、内心縮こまっていると、仁はすぐにいつものように言った。

「そっか、じゃあ、いいや。あの二人の噂って？」

けろりとした仁の様子は、それこそ少し前と一切変わっておらず、戸惑ってしまう。私の勘違いだったのだろうか。戸惑いつつ、頭の中で言葉を探した。

「峯子ちゃんとゆうくんが、付き合ってるんじゃないかって噂だよ。知ってたんじゃなかったの？」

「二人が……うん、僕は聞いたことないよ」

再び渡り廊下の方を眺める仁は、いつも通りである。だがやはり私は、先ほどの仁から感じた、異様な予感のようなものが忘れられず、考えてしまう。

——秘密のアプリって……何？

仁とは違い、むしろ私はそちらの噂を知らなかった。確かに言われてみれば、どこかでうっすらとこの言葉を聞いたことはある気がするが、それくらいの認識である。

しかしそれを面と向かって仁に訊《き》く勇気はなかった。一つかぶりを振って気を入れ替えると、先ほどまでの野次馬根性を奮い立たせるため腹の底に力を入れる。

「じゃあさ、仁は二人のことどう思う？」

尋ねてみると、彼はほんの少しだけ眉根を寄せて答えた。

「うん……二人とも良い先生だと思うよ。谷津先生はたくさんの本を読んでるから、知識も豊富で、生徒の相談事とかもよく受けてるって話を聞くし。七浜先生は授業もわかりやすくて、いつも生徒に囲まれてて、親しみやすい感じがするね」

「いや、その、えーっと……そうじゃなくて、もっとこう恋愛的な感じで」

「れんあい……？」

彼の呟きを聞いて、あまりにも噛《か》み合わない会話に、私は思わずずっこけそうになってしまった。前言撤回《てっかい》だ。仁も少しは恋愛について気が向いたのかと思いきや、全て私の勘違いで、やっぱり彼はそういったことには無頓着《むとんちゃく》であった。

「ああ、うん、仁はやっぱりそうだよね……」

ぼやくと、その時仁は、何かを喉《のど》に詰まらせたような、思い込むような顔をした。

「……僕、どこかおかしかったかな」

先ほどとは違い、今度は落ち込んだようになってしまった仁を見て、私は再び驚いた。仁が怒ったところも見たことないが、落ち込んだところもあまり見たことがないのである。

そのため、今度こそ何か言ってしまったと、胸の内を焦りが衝《つ》いた。

「いや全っ然！　ほら、仁の良いところって、やっぱりどんな時も変わらないとこだと思うんだよね！　今日の昼休みに結衣が怒った時もすぐ呼んでくれたし、去年のプールの時だって、助けてくれたんじゃん！　そういう風に、キンキューな時に頼りになるみたいな！　だから、ホントに全く、悪い意味とかじゃないから！」

捲し立てるように言うと、仁はきょとんとして、頷《うなず》いた。

「そっか……ありがと」

どこか安心したような彼の表情に、私もまた、ほっと胸を撫で下ろす。今口にした通り、去年のプールの授業からの、丁度一年程の付き合いになるが、やはり仁のことだけはよくわからない。

もちろん悪い人ではない、とはわかるが、やっぱりどこか不思議な感じがするのである。

そんな考え事をしていると、渡り廊下で、二人が別れたのが見えた。

「やば、帰ってくる！　戻るよ仁」

ぐいぐいと彼を押し、机へと戻ろうと急かすと、彼は素直そうに訊いてきた。

「春乃は、どうしてそんなに恋愛ごとが好きなの？」

やっぱりどこまでいってもマイペースで、ぼんやりと尋ねてくる彼に、口を尖《とが》らせて答える。

「私たちくらいの年頃なら、普通、そういう話は大好きでしょ！」

「普通……」

上の空みたいになった仁をなんとか机まで押し戻し、息を切らしながら、私も席に座る。同じくらいに図書室の扉が開いて、峯子ちゃんが戻ってきた。

それから勉強会が再開し、私はやっぱりすぐに集中できなくなりながらも、なんとかペンを握り、頭を働かせようとした。

しかししばらくして、ぴろりんと通知を告げる電子音が、私の制服のポケットから鳴った。

「三宮さん、携帯の電源はちゃんと切っておかないと駄目でしょう」

「あはは、ごめーん」

峯子ちゃんにおどけて返すが、張り付けた笑顔の裏で訝《いぶか》しんだ。学校内では、いつも携帯の通知は切っているはずだ。そうして、電源を落とそうと机の下で携帯を取り出すと、画面が目に入った。

そこには、見慣れない無字で血みどろなデザインのバナーが表示されていた。見るだけで心が竦《すく》んで、吐き気がするような気持ち悪い色合いだ。だが、なぜだか目が離せない。

——何これ?

疑問に思い、バナーをタップしてみると、ロックが解除されて真っ黒な画面に切り替わる。

ただそれは何も映し出されていないのではなく、黒ずんで罅《ひび》割れた木の幹みたいな背景であり、その真ん中に空っぽな砂時計が形作られていった。

そして、画面の下の方に注釈じみた説明が、一文だけ差し込まれる。

このアプリのことは、絶対に、秘密にしてください

◇

それは一年前、高校に入って初めてのプールの授業でのことだった。


「なにあれ？　キモくない？」

「背中にぶつぶつがいっぱいある。根性焼きってやつ？」

「見るだけで気持ち悪くなる。俺ああいうの無理だわ」

まだ授業が始まる前のちょっとした時間だ。みんなが着替えてきて、プールサイドに集まって来たくらい。でも、ほんのちょっとの時間でも、人というものは溺《おぼ》れてしまえるものである。

実際私は、周囲から背中に注がれる悪意の視線の大波から逃げられず、ただ俯《うつむ》くことしかできなくて、まるで息をすることすら責められているような、窒息死《ちっそくし》寸前のような苦しさを感じていた。

「春乃、あんたなんで水着を……！」

そんな時、隣のクラスで、一番の親友である結衣が、私を遠くから眺める彼らの間から飛び出してきてくれた。

心配しているみたいな、焦っているような表情だ。私が苦しい時に結衣はいつもそんな顔をする。

「あ、結衣じゃん。なんでって、授業に出るのは当たり前でしょー?」

「だからって、あんたは無理しなくて良いのよ。中学の頃は休んでたじゃない」

「いや、体育の睦月先生が『怪我《けが》じゃないなら泳げるだろ』って。まあ私も体動かすの好きだし? 泳ぐのも良いかなーって」

笑顔は私の特技である。これまでも、沢山苦しいことや、痛いことはあったが、笑っていれば、いつもすぐに明るい気持ちになれた。

お母さんはごめんねって言うのをやめてくれた。

近所の人たちだって、出会い頭に「怒鳴り声が聞こえたけど大丈夫?」と聞いてくるのをやめてくれた。

私が笑えば、みんなが安心したような顔をした。

だから今回も、笑っていれば、きっと。

「じゃあ、なんであんた震えてんのよ」

でも、私の親友は、一目で全てを見抜いていた。そしてすかさず、持っていたバスタオルを私の肩に掛けて、その上から強く抱きしめてくれた。

優しくて、温かくて、思わず抱きしめ返してしまう。彼女の肩に顔を埋めると、ようやく息ができた気がした。

「ごめん、結衣。ちょっと、無理かも」

「あんたはいっつも無理しすぎなのよ。早く更衣室行くわよ」

結衣は私を抱いたまま、プールに併設されたコンクリート造りの更衣室へと歩いて行く。その間も周囲からの視線は消えなかった。

そして、そんな視線の向こうから、荒々しくて恐ろしい、とある教師の声が聞こえてきた。

「おうお前らどこ行くんだ。これから授業だぞ？」

結衣と二人してそちらを振り返ると、そこにはでっぷりとした中年腹が特徴的な体育教師、睦月忠一がいた。

「……先生、どうして春乃に授業を受けさせるんですか？」

てかてかと脂ぎった禿《は》げ頭の下に付いている、黄ばんだ瞳を睨みつけ、結衣が声を低くした。

しかし、睦月先生は一切気にしていない様子で言った。

「なんでって、生徒が授業に出るのは当然だろ？　どこの教師がサボりを許すんだ？」

「サボりって、春乃には事情があるんです。先生だって相談を受けたはずですよね？」

「ああ、だが、実際に見てみなきゃわからんのに、三宮が服を脱ぐのを嫌がってな。だからしようがないだろ？　俺は、正当な理由が無い生徒をサボらせるような怠慢《たいまん》教師じゃないんだ」

睦月先生が絵本に出てくる悪者のように臭《くさ》い息を吐き出す。そんなあからさまな悪党に対し、結衣は食い殺さんばかりの怒気を目元に据えた。

「このセクハラハゲ」

辺りがしんと静まり返る。あまりにも直接的で、攻撃的すぎる結衣の言葉は、剣や槍《やり》みたいに鋭く、他の生徒たちは皆喉元に凶器を突きつけられたみたいに押し黙った。それだけ恐ろしい声音だったが、今は何よりも、頼もしかった。

「……お前、それ誰に言ってんだ？　まさか俺じゃねぇよな？」

言い返す睦月先生もまた、震えてしまうくらい怖くて、暴力的な言葉と睨みを返してくる。何よりも危なそうで、咄嗟《とっさ》に後退《あとずさ》ると、結衣が護《まも》る様に私の前に立ってくれた。

「言葉がわからないなんて、まるで野山の猿《さる》みたいね。こんなところまで下りてきて何がしたいのかしら……ああ、もしかしてこの言葉もわからない？」

喉を鳴らして、息を吸いなおせば、結衣は腹の底に秘めていた激情を叩きつけるように怒鳴り散らした。

「どけっつってんのよクソ野郎！」

「てめぇ言わせておけば！」

まるで大きな爆弾が、立て続けに爆発したみたいだった。怒鳴り返してきた睦月先生は、結衣に摑みかかろうとして、慌てて止めに入った数人の男子生徒に引き留められる。

私もまた、完全に頭に血が上ってしまっている結衣の手を握り込んだ。

「結衣……やめてよ。私はいいから」

「なんでよ！　なんであんなクズのためにあんたが我慢しなくちゃならないの！　あんたは、何にも悪くないじゃない！」

魂をむき出しにして叫んでいるような、感情的な言葉だ。結衣の心の底から溢《あふ》れ出した思いで、彼女は、引き留めようとする私の手を強く握り返してくれた。そうすれば、結衣の体の中を流れる血液の熱量みたいなものが力強く伝わってきて、私は彼女を止めるのではなく、彼女に縋《すが》りたくなってしまう。

私は何も悪くない。私の代わりにそう叫んでくれた親友の言葉は、なんて頼もしいんだろう。

そして結衣は、一歩も引かずに言い放った。

「お前みたいな人の痛みもわからない奴《やつ》はさっさと死んでしまえばいいんだ！　地獄《じごく》に落ちて、針山で他のクズどもと一緒に糞《くそ》でも投げ合ってろ！」

殴《なぐ》りつけるような罵声《ばせい》は、あまりにも強すぎた。結衣の言葉で余計にいきり立った睦月先生は、周囲の生徒をなぎ倒し、でっぷりとした巨体で襲い掛かってきた。

「結衣、逃げて！」

手を引くが、結衣は意固地になって睦月を睨んだままその場を離れようとしなかった。そして今にも睦月先生が結衣を殴らんばかりに近づいてきた時、すんでのところで、この場の誰よりも高いところにある坊主頭が、二人の間に割って入った。

見上げるような逞しい背中は複数人の男子生徒でも止められなかった睦月先生の体を一人で受け止め、真横のプールへと突き落とした。

「みんな、一旦落ち着いてくれ！」

睦月先生がプールに落ちた時にできた一瞬の隙を見逃さず、結衣と同じクラスである野球部の男子、双葉草太はそう言った。

そんな双葉君の横、一段下がったプールの中から睦月先生が顔を出し、自分を突き落とした坊主頭を睨みあげる。

「おい双葉。お前、教師をプールに突き落とすなんてどういうつもりだ？」

「僕が言ったんです。『先生が暑そうだから、ちょっと涼んでもらったらどう？』って」

声を荒らげる睦月先生に対して言葉を返したのは、双葉君の後ろからひょっこりと顔を出した癖毛の男子生徒だった。印象に残らない中肉中背の彼は、されどどこか周りとは異なった雰囲気で睦月先生の前へとしゃがみ込む。

「暑さで苛々してらっしゃったんですよね？」

「あぁ？　お前何を」

「おいおい、なんの騒ぎだ？　もう授業始まるぞ？」

睦月先生が言いかけた瞬間、生徒たちの間をかき分けてもう一人の授業担当の体育教師が姿を現した。汗ばんだひたいを見るに、急いで来たらしい。そんな彼の後ろには、私と同じクラスの雪月すみれが、同じくひたいを汗ばませて立っていた。どうやらこの騒ぎにいち早く気付いて、先生を連れて来てくれたらしい。

体育教師とすみれを見つけた途端、癖毛の男子生徒は立ち上がって、プール内の睦月先生を一瞥《いちべつ》した。

「すいません。睦月先生が暑いなら授業開始時間なんて待たず、早くプールに入ろうって言ってくださって、みんなで喜んでたんです」

澄ました顔で男子生徒はそう言い、再び睦月先生に目を向けた。その目を受けて、あれだけ憤《いきどお》っていた睦月先生は、何も言い返せないように口をつぐんだ。それほどまでに癖毛の男子生徒の眼差《まなざ》しは、結衣のそれとは違った、人に物言わせぬ説得力のようなものを持っていた。

「そうだったのか。まあ、確かにそうだな。でも準備運動は必要だ。お前ら早く並べー」

事情を知らない体育教師は大きな声で指示を出し、生徒たちは少しざわめきながらもそれに従い始める。だが私は、先ほどまでの恐怖の余韻《よいん》と、あまりにも唐突な助けに対して、唖然としてしまっていた。

「何が起きたの？」

「……さあ？」

あれほど憤っていた結衣すらも困惑して、我に返っている。そんな私たちの前を、列になるために癖毛の男子生徒が横切り、私は思わず「待って！」と声を投げた。

「え、えっと、助けてくれて、ありがとう」

私が言うと、癖毛の男子生徒は、なんとも印象に残らないような無表情で振り返った。

「僕は、別に……草太、ちょっと来て」

「どうした、仁」

「言いたいこと、あるみたいだから」

仁と呼ばれた男子生徒は、こちらを見た。

「お礼なら、草太とすみれに言ってください。睦月先生を止めたのは草太ですし、他の先生を呼んできてくれたのはすみれなので」

「い、いや、俺は別に礼とかはいらないぞ」

咄嗟に言い返した双葉君に対して、仁君は、素直そうに疑問を飛ばした。

「なんで？」

「それは、その……」

言い淀み、そして照れ隠しか、先ほど周りを鎮《しず》めた時とは比べ物にならない小さい声で、双葉君は言った。

「あんな状況なら、普通、誰でも助けるから。俺は当たり前のことしただけだ」

本当に小さい声である。けれど彼の言葉は、どんな怒鳴り声よりも鮮明に私の耳に残り、心臓の辺りから段々と顔まで熱くなってきて、私は思わず顔を伏せた。

そして丁度、遅れてきた体育教師の呼びかけが聞こえる。

「おーい、早く並べー」

「やば、急いで行こうぜ、仁、吾妻、あと……」

私を見た双葉君に対して、結衣は苛立ちを思い出したようにして答えた。

「この子はいいのよ、事情があるんだから。先生には改めて私が言っとくから、ほら、あんたは早く着替えて来なさい」

気を遣ってくれた言葉が、優しく私の背を押す。

しかし私は踏みとどまった。なんだか、胸の内に燃える炎のようなものが、先ほどまでの苦しさを全部焼いてしまったみたいで、気分が楽になったのだ。結衣から伝わった優しさの熱量と、双葉君に対する不思議な感情が、私を励ましてくれた。

「いいや、私も泳ぐよ。なんかアツいし。そもそも……」

肩のバスタオルを結衣に返すと、彼女は心配するように見つめてきた。だが、その目があれば、もう十分だった。やっぱり背中には沢山の悪意の視線が注がれてくる気がするが、それでも、その中にも善意が混ざっていることを、双葉君たちが証明してくれた。

だから、今度こそと、私は口元を綻《ほころ》ばせた。

「私は何も悪くないんだから。みんな、ありがと」

◇

まるで指先が凍りついたみたいだった。

図書室での勉強会を終えたあと、仁や峯子ちゃんと別れ、もうすっかり辺りは暗くなっている。校門前の路地に並ぶ街灯が遠い間隔でアスファルトを照らしつけ、向こうの方にある信号は、誰もいないのに、しきりに赤になったり、青になったりしている。とても静かで、なんだか不気味だ。

もちろん、普段は恐怖など感じたりはしない。よく草太の部活が終わるまで待っていることがあるが、誰よりも熱心に自主練習をする彼を待っていれば、こんな時間になるのはよくあることなのだ。大体、人気はないと言っても校門の前であり、まだ校舎には先生たちだって残っている。怖がる必要なんて、ないはずなのだ。

だが、今日ばかりは違った。

——これが……仁が言ってた、秘密のアプリってやつ、なのかな。

胸の前で握りしめる携帯には、おどろおどろしいあの画面が映し出されていた。図書室で勉強会をしていたら、突然通知音が鳴り、いきなり出現した謎のアプリ。あの時はあまりにも不気味で、すぐに携帯の電源を落としたが、一人になるとやはり気になってしまう。これのせいで、私の指先は氷のように冷たくなり、恐怖や困惑で一杯だった。

まず、秘密のアプリとはなんなのか。アプリの画面の下の方に、相変わらず表示されている『このアプリのことは、絶対に、秘密にしてください』という文章、秘密という言葉が引っかかるのだ。だからこそ、仁が口にしたアプリのことが頭をよぎるが、肝心のこの不気味なアプリをホーム画面に戻って確認してみても、名前も何もついておらず、空っぽな砂時計のアイコンがぽつんと存在しているだけなのである。

そもそも、これ以上画面を弄《いじ》ってもいいものなのだろうか。ふと、そんな考えが湧いてきた。この不気味なアプリは、おかしなサイトを踏んだ時に送信されてくる架空請求みたいなもので、変に触ったりしない方がいいものなのかもしれない。

そう思いながらも、アプリの画面左上に表示されている、『チュートリアル』と書かれている赤い本のアイコンから目が離せなくなる。その画面左上のアイコン以外には、下部の注釈文と、中央の大きな空の砂時計くらいしか見えるものはなく、そのどちらをタップしてみても何も反応しなかったため、余計に気になってしまうのである。

――チュートリアルって何？　わけわかんないんだけど。

理解できないために溢れる嫌悪感《けんおかん》じみたものが、舌の根の方をじんわりと乾かした。そして迷いに迷い、ようやく、そのチュートリアルのアイコンをタップしようとした、その時だった。

「待たせたな、春乃」

「うわぁ！」

校門の内側から歩いて来た草太に声をかけられ、反射的に叫んでしまった。そして咄嗟に携帯をポケットに入れつつ振り返り、愛しの彼の顔を見上げる。

「あ、ああ、草太、早かったね」

「そうか？　いつもと変わらないと思うが」

練習終わりのシャツ姿のまま、草太は太い首にかけたタオルで、ひたいの汗《あせ》を拭った。相変わらず練習熱心な彼は、今日もたっぷりと励んできたのだろう。目前に夏の甲子園《こうしえん》予選も控えているらしく、余計応援したくなる。うちの学校はそれほど強いわけではないみたいだが、それでも草太は二年生ながらにエースとして、いつも全力で野球に向き合っているのだ。

「今日もお疲れ様」

そんな彼の支えになれればと、私はいつも、手製の差し入れを用意していた。鞄を開き、保冷バッグを取り出せば、中に詰めてあった容器を開く。中にははちみつに漬けてあったカットレモンが、きらきらと輝いていた。昼の間は家庭科の先生に頼み込み、冷蔵庫の片隅に入れてもらってあるため、この時間になってもちゃんと全て冷えている。

「今日はレモンか」

「夏ならこういうのも良いかなって思って」

二人で並びながら帰り、草太が私の差し入れを食べてくれるところを見ていると、頬が緩むのを抑えきれない。一年前、彼や仁やすみれが助けてくれて、そして結衣が私の代わりに訴えてくれて、本当に救われた。なんだか、みんながいればすごく心が穏やかになって、それだけで嬉《うれ》しく感じるのである。

みんなといつまでも一緒にいられたら、どれだけ幸せだろう。

「そういえば、さっき何か集中してたみたいだったな。何してたんだ？」

輪切りにしたレモンを齧《かじ》りながら、草太は思い出したように言った。私が声をかけられて、叫んでしまった時のことだろう。そう考えると、あの不気味なアプリのことが蘇《よみがえ》ってきて、折角感じていた幸福感みたいなものが薄れていくのを感じる。

「いや、まあ……ちょっとね」

言い難《にく》く思い、曖昧《あいまい》に返すと、草太は眉を寄せた。

「なんだよ、俺に言えないことなのか？」

草太の口調が少し強くて、私は思わず首を横に振った。

「ち、違うよ。その、草太に言えないってことじゃなくて、誰に対しても言い難い、みたいなさ」

草太は、皆の前だと穏やかで頼もしく見えるが、二人きりだと、こうして少し怖くなる。でも、それはやっぱり私が悪いからだ。私が何かと落ち着きがなく、感情的で、子供っぽくて、抜けてるところが多かったりするのが悪いのだ。だって草太は、本当は優しい人なのだから。

草太はそれから黙り込み、ずんずんと歩いて行ってしまった。その妙な沈黙がひしひしと肌にのしかかるみたいに重い。昔、まだ両親が離婚する前、パパが家で怒鳴った後の、私もママも簡単には喋《しゃべ》れなかった時の空気に似ている。

思い出すと耐えられなくなって、私は咄嗟に口を開いた。

「あ、あのさ、草太は秘密のアプリって知ってる？」

彼は目を細くして立ち止まった。

「……ああ、あの過去が変えられるって、噂のやつか？」

じろりと私を見下ろすような細い目が、なんだか怖くて、私は思わず息を呑《の》んでしまった。それでも会話をしなければと、なんとか続けた。

「へ、へえ、そんな噂なんだ」

「知らなかったのか？」

草太の言葉に頷いて返すと、彼はため息を吐き、続けた。

「それで、秘密のアプリがどうしたんだ？」

尋ねられた時、丁度頭の中に、あの不気味なアプリの下部に表示されていた、『このアプリのことは、絶対に、秘密にしてください』という文言がフラッシュバックする。

けれども、所詮《しょせん》は噂話である。それよりも、やっぱり草太の方が大事だ。

「あ、あはは、今日さ、実はそれっぽいアプリがいきなり携帯にインストールされて、さっきもそれ見てただけなの。でもほら、私この噂よく知らなかったし、なんか怖いから、言い難くてさ」

努めて明るく、私の特技である笑顔を浮かべて言った。これで少しでも空気が和《なご》めば良いのだが。

しかし、私の目論見《もくろみ》とは裏腹に、草太の表情が険しくなった。一重の目からはすうっと光が薄れていって、逞しく頑強な巨体が、まるで彫像にでもなったように固まった。

それがなんだか、彼から情緒というか、人間的な優しさや温かさが消えたみたいに見えて、反射的に身が竦んだ。

「そ……草太？」

呼びかけると、少し遅れて、彼はぬるりとこちらに視線を合わせた。

「見せてくれないか、それ」

「え？」

「だから、そのアプリを見せてくれないか？」

明らかにいつもと様子が変わってしまった彼を、震えながら見上げた。

「ど、どうしたの、草太。なんか、ちょっと変だよ」

思わず、スカートのポケットに入れた携帯を護る様に手を添えた。なんだか、草太の言うとおりにしてはいけない気がしたのだ。

でも、彼はそんな私の肩に手を置いて、言った。

「いいから、見せてくれよ。俺その噂気になってたんだ」

そうして私の肩を掴む大きな手に、がしりと強く力を籠《こ》めると、彼はもう一度言った。

「早く、見せろよ」

その声があまりにも無機質で、恐ろしくて、私は思わず携帯を取り出すと、彼に差し出してしまった。

すると草太はひったくるように私の携帯を取り上げ、怪物に魅入《みい》られたように、じっとりと画面を凝視《ぎょうし》した。

もう指先だけではなく、体の芯《しん》まで凍り付いているみたいだった。恐怖と困惑のあまり、辺りを見回すが、やっぱり遅い時間のため、人はいない。ただ厚い夜の暗闇だけが、壁みたいにして私たちを閉じ込めている。逃げ場なんてない気がした。

「ねえ草太、どうしちゃったの？　やっぱり、ちょっと変だって。怖いよ」

草太は私にとって、頼もしくて、助けてくれた恩人で、深く愛し合っている、大切なパートナーだ。彼のことは心の底から信頼しているし、彼が努力をするならば、私もできる限り応援したくなる。

つまり彼を怖いと思うのは勘違いだ。不気味なアプリのせいで神経質になり過ぎているだけだろう。きっとそうだ。

息を呑み、乾いた唇を舐《な》め、小さな期待を胸に抱いて、再び顔を上げる。

その時見えた彼の顔が、あまりにも信じられないもので、唖然としてしまう。

「なんで……」

そして彼は、携帯の画面から私へと、ゆっくりと、その目を滑らせた。

「なんで、嗤《わら》ってるの？」

三章

吾妻結衣

夢を見た。それは、遠い昔の夢。普通ならば、積み重なる新しい記憶に押しつぶされて消えていくはずのその情景は、されど私の海馬《かいば》の根底に。記憶を司《つかさど》るその脳器官は、真っ赤な血潮で塗りたくられていた。

「お父さん、お母さん」

幼い私は目の前に横たわる肉親に言葉を落とす。だが冷たくなった彼らはぴくりともしない。もう、ただの肉の塊だ。そんな彼らの上に引きずって来た三十路《みそじ》過ぎの男の死体を重ね、同時に私は、手に握りしめた血まみれの包丁を取り落とした。

「殺したよ。ちゃんと、殺したよ。これでもう、怒らなくていいよ」

当惑したような私の声は、あまりにも現実味のない目の前の光景と、自分が今してしまったことを受け入れ切れず、空想的な程ぼんやりとしていた。そしてそんな声が、両親を殺した強盗の死体の上に、ぽつり、ぽつりと滴る。憎らしいそいつは母を殺して、激情した父との格闘の末に逃げようとしたが、物陰に隠れていた私にあっけなく刺し殺されたのだ。

「お父さん、お母さんを殺されて、その人に『殺してやる』って言ったよね。お母さん、いつも『お父さんの言うこと聞かなきゃダメよ』って言ってたよね。私、ちゃんと言われた通りにしたよ。ちゃんと、殺したよ」

現実逃避する幼い私の目には涙が浮かび、頬を伝って流れていく。だが、もうその涙を拭ってくれる優しい両親はどこにもいない。目の前にいるのに、どこにもいないのだ。

それどころか、顎に達し、滴っていく涙は、私の足元で真っ赤な返り血と混じり合う。立っていられなくなり、思わず座り込むと、足にも手にも、べっとりした血潮が張り付く。指の間に入り込むそれは、ねばねばとしていて、どれだけ洗っても落ちそうにない。

それが、私の普通が真っ赤に上塗りされた瞬間だった。


朝になり、目覚ましのアラームがけたたましく鳴り響く。その音で目覚めた私は、閉め切っていたカーテンを開け、一人暮らしの狭いアパートの一室に陽《ひ》を招いた。

「……喉渇いた」

寝汗で気持ちの悪いパジャマを脱ぎ捨てて、ちゃぶ台の上の眼鏡をかけてから冷蔵庫へと向かう。そうして下着一枚のまま洗面台にあったコップに冷蔵庫から取り出した緑茶を注《つ》ぐが、水の流れる光景を目にした途端、先ほどの見慣れた悪夢にあった血の感触が、鮮明にフラッシュバックした。

途端に持っていたコップを取り落とし、ばりんと床の上で砕ける。

「……最悪」

もう朝食をとる気分にもなれず、手早くコップの破片を片付けて、顔と歯を磨き、制服へと着替えた。

特筆することなど一つもない、いつも通りの、退屈な朝である。いいや、悪夢を見てしまったため、いつもよりももっと退屈で、最悪な朝だ。

苛々しながら鞄を掴み、最後に机の上に置いていた携帯を取った。

そして画面をタップすると、ロック画面には、血みどろのバナーが浮き上がってきた。

この秘密のアプリの確認こそが、いつも通りの、退屈な朝のルーティンの最後の行程である。

慣れた手つきで携帯を操作し、表示される秘密のアプリの画面を見下ろすと、すぐに目につくのは、中央に表示されている砂時計である。ただ砂時計といっても、このアプリのそれは普通のものではない。

中に入っている赤い砂の量が、日ごとに本当に少しずつ、詳しくいえば一粒か二粒ずつ、増えていくのだ。そして今、最初は空だった私の砂時計には、半分ほど砂が溜《た》まっている。

「……もっと早く溜まらないものかしら」

呆れたように呟きながら、画面左上の『チュートリアル』のアイコンをタップし、その文面を読み込んだ。

チュートリアル

その一

他人より良い未来を実行して、時間を溜めなければいけません。時間の溜まり具合は、ホーム画面にて、砂時計内の砂の量で確認できます

その二

絶対に、アプリを持っていることは秘密にしなければいけません。もし誰かにアプリを持っていることが知られた場合、あなたがこの世から消えてなくなる場合があります

その三

あなたはアプリから離れられません。アプリ内にはあなただけの時間が保存されており、常にあなたの傍でこれを更新し続けています

その四

砂時計が一杯になるまで時間が溜まったら、過去を変えなければいけません。砂時計一本につき、一人の人間の過去を、一つだけ変えられます

一言一句、すでに暗唱できるほど見てきた文字列だ。ただしどれだけ読み込んでも、いくつか理解できない部分がある。

一応それぞれに対して、何となくの推察はできているのだ。例えばその一に関しては、他人より良い未来というものが曖昧ではあるが、テストで良い点を取ったり、委員長の仕事をしたりすれば時間が溜まった。他人と競争したり、限られている枠みたいなものを獲得することが重要なのかもしれない。

その二に関しては、アプリを持っていることを他人に、たとえ春乃であってもばらしたことはないため、消えてなくなるというのがどういうことかはわからない。しかし、このアプリは明らかにどこか異質で不気味な本物らしさを漂わせているため、試す気にもならない。

そもそも、以前、その三の「アプリから離れられない」というものを確かめるために、家の中に携帯を置いて外出した際、いつの間にか鞄の中に携帯が入っていたのだ。似たようなことを何度繰り返しても、必ず携帯、というより秘密のアプリは、私の手元に現れた。更に、バッテリーが切れてもアプリだけは操作できたり、アンインストールしてもすぐに再インストールされていたり、挙句の果てには、一度携帯を叩き壊した時も、瞬《まばた》きの隙に携帯自体が新品同様に修復されていたりと、明らかにおかしなことが起こり続けた。この、その三のチュートリアルがあったからこそ、私はこのアプリに信憑性《しんぴょうせい》のようなものを感じているのである。

最後にその四については、時間を溜めきったことがないため、考察のしようがない。

こうしてじっくりとチュートリアルを読み直してみても、手っ取り早く時間を溜める方法など、やはり、テストで良い点を取ることくらいしか思いつかなかった。

私はアプリに向かって独り言を吐き捨てる。

「今度の期末でも一位とるから、ちょっとくらいはサービスしなさいよ」

乱暴に携帯をポケットに押し込み、家を出た。

私が秘密のアプリを手に入れたのは、およそ三年前、中学二年の末頃である。突如《とつじょ》として携帯に真っ赤な血色のバナーが通知されたと思えば、いつの間にか、砂時計のアイコンの秘密のアプリがインストールされていた。

もちろん最初は半信半疑だった。なんだか気色悪いデザインで、一方的にずけずけとものを言ってきてる感じがして七面倒だったし、そもそも過去を変えられるなんて馬鹿《ばか》げていると思ったからだ。

だが、今は違う。私はアプリのために勉強に励み、学級委員を始めとして様々な他人より良い未来を試してみては、時間がより多く溜まることを繰り返している。すっかり秘密のアプリに寄生されて、生活のほとんどを操られているみたいだ。

しかし、それでもいい。秘密のアプリがもし本当に過去を変えられるのならば、私には変えなければならない過去があるのだ。

それは三宮春乃の、虐待されていたという過去である。

彼女は私の全てだ。中学時代、私が孤独だった時、彼女だけが手を差し伸べてくれて、私を助けてくれた。血に塗《まみ》れた、人殺しである私の手を握ってくれた。

春乃は私にとって、唯一の親友で、一番大切なものだ。

——三年前にアプリを手に入れて、今が半分。このままいけば、もうあと三年で時間が溜まる。それまで待っていて、春乃。今度は私が、助けてあげるから。

胸に秘めた決意は変わらず固い。この秘密を守り抜くのだ。それが、今の私にできること。

学校に着くと、私はまっすぐに教室へと向かって、窓際の一番前にある自席に着いた。まだ朝早いためか、私のほかに生徒はいない。そしてすぐさま机の上に問題集を広げ、今度の期末テストに向けての勉強を始める。

これも私にとってはいつも通りの朝だった。これから、いつも通りの授業があって、家に帰って、寝て、また同じような朝を迎える。もうずっとこの繰り返しである。

そうして自習に励んでいると、しばらくして、聞き慣れた女生徒の声がした。

「結衣ちゃんおはよう。今日も早いね」

顔を上げると、そこにはすみれが立っていた。低めな背丈で、長い黒髪に、小動物みたいに可愛らしい瞳。どこのクラスにも一人はいそうなくらい平凡な容姿である。そして平和そうにころころと微笑むと、手に持ったじょうろが余計呑気《のんき》に見えた。彼女はいつも、朝学校に来てから、ベランダの花に水をやっているのだ。

「おはよう、すみれ。貴女《あなた》もお疲れ様。花の様子はどう?」

「えへへ、みんな元気に咲いてるよ」

「そう、貴女がちゃんと手入れしてあげてるおかげね」

「そ、そうかな……」

褒《ほ》めると、彼女は髪を指で巻いてはにかんだ。照れ屋でもある彼女は、こうした些細《ささい》なことですぐに顔を赤くしてしまう。そんなところも可愛らしく、柔らかな印象で話しやすい。

ただ今は勉強中だ。私はペンを握りなおすと、会話もそこそこに問題へと目を落とそうとした。

しかし、すみれが申し訳なさそうに続けた。

「あ、待って結衣ちゃん。ちょっといい? 春乃ちゃんのことなんだけど」

そう言われれば、勉強など二の次である。ペンを置き、顔を上げると、すみれと目を合わせた。

「あの子がどうかしたの?」

「その、昨日さ。放課後に勉強教えて欲しいって頼まれたんだけど、私用事があって断っちゃったんだ。でも結構困ってるみたいだったから、良かったら、今度結衣ちゃんも一緒に教えてくれたら、心強いなって思って」

「ああ、そのことね」

言い難そうにするすみれに、ため息を吐いて返す。無論、この呆れは彼女に向けたものではなく、春乃に対してだ。

「私たちだって自分の勉強があるのに……全く、しょうがないんだから。じゃあ来週あたりね」

「やった！　ふふ、ありがとう。私も色々わからないとこ纏めとくね」

「え、貴女も教わる側なの？」

ちゃっかりとしたすみれに、思わず戸惑ってしまう。秘密のアプリの時間を溜めるために、自分の勉強を疎《おろそ》かにすることは何としても阻止《そし》したいところだが、気付かないうちに仕事が増えてしまったみたいだ。

「駄目？」

狙《ねら》っているのかいないのか、真正面から訊かれてしまえば、再びため息を吐く程度の抵抗しかできない。

「はぁ……もう、仕方ないわね」

答え、私は立ち上がった。勉強をし、すみれと話している間にホームルームも近くなってきて、生徒も多く登校してきている。そろそろ、春乃も登校してきている頃だろう。

「あの子には私から言ってくるわ。すみれも、ちゃんと自分でも勉強しときなさいよ」

「うん、ありがとう、結衣ちゃん」

すみれに見送られて、春乃のクラスへと向かう。出入り口にたむろしている数人の生徒たちの横を抜けて隣のクラスに入り、ざっと辺りを見渡した。どこもかしこも、立って談笑したり、机に突っ伏して寝たり、先ほどの私と同じように問題集とにらめっこしたり、私のクラスとそう変わらない光景だ。

だが、そんな累々たる生徒たちを一人一人確認しても、春乃を見つけることはできなかった。

「休みかしら？」

スカートのポケットから携帯を取り出した。電源を入れて画面を操作し、メッセージアプリを開く。そして、そのトーク欄から春乃の名前を見つけようと画面を数度スクロールするが、なぜか目的の名前を見つけることはできなかった。同じように友達欄も確認するが、やはり春乃の名前だけ無い。

——バグ？　でも、春乃以外の名前はあるし、あの子携帯でも替えたのかしら？

疑問に思っていると、丁度数人のグループで話していた生徒の輪の中に、見なれた巨体を見つけた。

「おはよう双葉君、ちょっといいかしら？」

「おお、吾妻？　いきなりどうしたんだ？」

友人たちと談笑していた彼は、背後からの私の声に肩を跳ねさせて驚いた。

「ごめんなさい。春乃がまだ来てないみたいなのよ。携帯も替えたみたいだから連絡も取れないし、心配だわ。貴方、何か知ってる？」

すると、双葉君は逞しい眉を顰めて首を傾《かし》げた。

「春乃？　誰だそれ」

「……は？　貴方なに言ってるの？」

双葉君のきょとんとした間抜け顔に、私は思わず、声を荒くしてしまった。それでも彼は困惑するばかりで、口を開く。

「いや、吾妻こそ何言ってるんだ？　春乃って、どこのクラスの奴だ？　このクラスにはいないと思うんだが……」

双葉君があまりにも当然のように口にするため、私は言葉を失ってしまった。彼の人となりはわかっている。あからさまなほどの善人で、愚直と言えるほど野球に真摯《しんし》なスポーツマン。つまり、小手先の軽口や冗談はあまり言わない人間である。

だが、私は彼を疑っていた。そもそも前々から、彼はどこか、少しだけうさんくさいと思っていたのだ。本当にあからさまなのである。ただ、春乃が彼に心酔《しんすい》しており、変な話も聞かないため、これまでは特に何も言及したりしなかった。

けれども、今、こんな犬の糞にも劣るような戯言《たわごと》を言われれば、頭にきてしまう。

「双葉君、私を怒らせてどうしたいの？　笑えないわよその冗談。私は貴方と無駄話をするために来たんじゃないんだけど？」

意図せず声が低くなり、視線に力が籠もる。すると周囲にいた生徒たちが驚いたように振り返り、声を潜めてしまう。人を殺したことがあるんじゃないか、だなんて噂されている私を気味悪がっているみたいだ。恐らくその噂は、中学の時と同じように、ただ私の怒りの感情が攻撃的すぎるために囁かれ始めた、根拠のない噂だ。

そもそも私が本当に人を殺したことがあると知っている人間なんて、遠い所に住む意地の悪い親戚《しんせき》か、春乃くらいなのだから。

だが、そんな私の前でも、双葉君は戸惑うばかりだった。

「お、おい、何怒ってんだよ。お前怒ると怖ぇんだから、やめろって」

狼狽《うろた》える彼の様子が、しかし、ようやく真に迫って見える。何かとうさんくさい彼ではあるが、それでも彼が私にこんな冗談を言う理由が見当たらないのだ。

それに私を遠巻きに眺める生徒たちも、なぜだか、私がおかしいみたいな目付きをしていた。純粋に、なんだか彼らの認識と私の認識に齟齬《そご》が生じていると言うか、違和感があるような気がしたのだ。

それこそ、本当にみんな、三宮春乃という人間のことを知らないみたいだ。

「ねぇ……本気で言ってるの?」

胸の辺りに不安がわだかまり、怒りが塞《せ》き止められる。そして私は強く眉を顰めて、双葉君を再び見上げた。

すると、やはり彼は頷いた。

「だからそうだって。お前どうしたんだよ」

その言葉がなんだか透明な槍のようになって、私の胸を突いた。周りにいる生徒たちの目も同じだ。彼らの訝しむような、私がまるで外国語でも話しているような、理解できないといった視線が矢のように飛来してきて、唖然としてしまう。

——どういうこと？

わからなくなって、私はひたすらに困惑した。だが、確実に嫌な予感がしている。先ほどまで信じられなかった双葉君の言葉を、信じたくない、と思っている時点で、その予感はすでに、頭の奥のところまで沁《し》み込んでいた。

私は思わず踵《きびす》を返した。双葉君を置いて、春乃がちゃんとこの世にいることを証明するために、教卓の上に置かれてあった学級名簿を摑み上げた。ここになら、ちゃんと春乃の名前が載っているはずだ。

載っていないと、おかしいのだ。

だって彼女は、昨日まで確かにこの世にいて、中学時代、私を助けてくれたのだから。春乃は、私の一番大切なもので、唯一の親友なのだから。

だから……。

そうして学級名簿を開いた時、私は全身が凍り付いたような衝撃を受けた。

その名簿のどこにも、『三宮春乃』の名前は、載っていなかった。

朝の一件から変わらず時間は過ぎ、四つの授業が終わって昼休みが始まった。しかし、春乃はまだ学校に来ず、それを咎《とが》める者や、おかしいと言う者はどこにもいない。

それどころか、休み時間に隣のクラスを見に行くと、昨日まで春乃の席だった場所に、これまでの高校生活で一度も見たことがない生徒が座っていた。

それからはもう、何も考えられなかった。生物の授業後なのに真っ白なままのノートを前にし、今もなお茫然《ぼうぜん》としてしまっている。すぐ隣の窓の向こうから吹く夏風は皮肉めいた爽《さわ》やかな草の匂いを運んでくるが、今はそんなことに苛つく余裕もない。

そうしていると、生物の担当教師である七浜勇気《ゆうき》が、話しかけてきた。

「どうしたんだ吾妻？　今日は珍しく授業に身が入ってなかったみたいだが」

くたびれた白衣と無精ひげが印象的な教師だ。よく生徒にいじられ、おもちゃにされているところを見かけるが、それでも締めるところは締めていて、授業もわかりやすく、生徒人気の非常に高い教師である。

「……すいません。朝から体調が悪くて」

答えると、七浜先生は無精ひげに手を当て、訝しむように言った。

「吾妻が体調不良なんて珍しいな。一年の頃から皆勤だろ？　悪いもんでも食ったのか？」

心の底から心配しているような声。きっとそんなところも含めて生徒に人気なのだろう。わざわざ授業終わりに、こうして気になった生徒に話しかけてやるところなど、まさしく親身である。以前、春乃と話していた時、図書の谷津先生と良い雰囲気だという噂があると教えられ、たくさんの生徒が応援しているという話を聞いたことがあったのを思い出した。

そこでふと思いつく。

——もしかしたら、七浜先生なら。

そんな一縷《いちる》の望みを胸に、私は駄目元で隣に立つ白衣の教師を見上げた。

「先生は、三宮春乃って生徒を知ってますか？」

糸を手繰《たぐ》るような弱々しい私の言葉。しかし、顔をしかめるという七浜先生の行動一つで、そのか細く脆《もろ》い糸はぷつりと断ち切られてしまう。

「三宮？　どこのクラスだ？」

「……隣のクラスです」

「隣？　二組だよな？　うーん、お前ら二年は一年の頃からずっと授業を受け持ってるし、全員名前ぐらいは知ってるはずなんだがなぁ」

ぼやいた七浜先生は頭を抱え、自分の記憶を探るようにうんうんと唸りだす。しかしすぐさま表情を切り替え、私に向き直った。

「まあなんにせよ、その三宮っていう生徒のことで悩んでるんだな？　なら良かったよ。体調不良でも何でもないなら、少しは気が楽だ。吾妻はいつもきっちりしてるから、先生たちの評判はいいけど、なんか肩に力入り過ぎてる感じがして、俺は少し心配してたんだよ。でも人間関係で悩むなんて、吾妻もちゃんと高校生してるじゃないか」

七浜先生は持っていた生物の教科書で私の頭をぽんと叩いた。

「もしその三宮って生徒のことで、いや別の悩みでもいいけど、なんか相談したいなって思ったらいつでもちゃんと相談しろよ。俺で良けりゃ、いくらでも話聞いてやる。まあ、図書室の谷津先生程上手くはないがな」

人が好《よ》い笑顔で白い歯を覗かせながら七浜先生は職員室へと戻って行った。

――相談……できるわけないじゃない。「隣のクラスにいたはずの三宮春乃のことを誰も覚えていなくて、今朝来たら顔も見たことない生徒が代わりにいた」なんて、言った途端に病院行けって返されるのがオチよ。

心の中で嘆息し、私はむしゃくしゃと髪の毛を掻き乱した。何が起きてるのかわからな過ぎて、このままだとストレスで禿げてしまいそうだ。

「結衣ちゃん？」

悶々《もんもん》としていると、ふと今朝ぶりであるすみれの声が聞こえた。

「大丈夫？　なんだか、元気ないみたいだけど？」

「すみれ……ありがとう。でも、私は別になんともないわ。ちょっと一人にさせて」

そう口にして、とにかく今は気を鎮めたく、とりあえず静かな場所に行こうとした時だった。

――そういえばこの子、朝、春乃の話してたわよね？

思い出すのは、まだホームルームが始まる前。すみれが私に勉強会の相談を持ち掛けてきたこと。

私は反射的に立ち上がり、がばりとすみれの両肩を摑んだ。

「あんた、春乃のこと覚えてる!?」

「ゆ、結衣ちゃん!?」

突然迫られて、すみれは狼狽えた。それと同時にクラス中から視線が注がれるが、今はそんなことどうでも良い。

「すみれ、あなた、春乃のこと覚えてる？」

ぱっちりとしたその可愛らしい瞳をまっすぐ見つめながら私は繰り返した。ただあまりにも私の形相が鬼気迫っているものだったのか、すみれは震えだしてしまった。

「は、はい覚えてます！」

綺麗な二重の瞳をぎゅっと瞑《つぶ》る。しかし私は春乃のことを覚えている人間がいたという事実に嬉しくなり、続けざまにすみれに問いかけた。

「なら春乃の名字は？」

「三宮です！」

「髪の色は？」

「茶色です！」

「彼氏は？」

「双葉君です！」

興奮した私の質問攻めにとうとう耐えきれなくなったみたいで、すみれはパニックになって、力任せに私を押し返した。

「昨日も会ったんだし、春乃ちゃんのこと忘れるわけないじゃん！　結衣ちゃんってばどうしちゃったの!?」

唐突な反撃に驚き、思わずすみれの肩から手を離す。突き飛ばされた胸のあたりの痛みで我に返った。

「ご、ごめんなさい、つい」

だがその間にも、「双葉君に彼女いたの？」「他校の生徒？」などと打った鐘の跳ね返りのように教室内がざわめきだした。

「いきなりどうしたの、二人とも」

ざわめきの中から一人、寝癖を雑にしたような癖毛しか印象に残らない男子生徒、一条君が歩み出て来る。すると、すみれも続いた。

「うん、本当に、いきなりどうしたの？　春乃ちゃんを覚えてるかなんて」

すみれの言葉に対して、一条君はごく自然な様子で頷いた。

「吾妻らしくないよね。何かあったの？」

淡々と疑問を口にする彼の言いぶりに引っかかる。

「一条君も、春乃のこと覚えてるの？」

「覚えてる……けど？」

彼は素直に頷いた。すると、私はようやく、朝から胸に詰まっていた重たい空気を吐き出すことができた。端的に言えば、安心感のようなものが溢れてきたのだ。

「結衣ちゃん？」

深いため息を吐く私にすみれが声をかけてくれる。その声で顔を上げ、私はすみれの横でこちらを見つめる一条君に対しても目を合わせた。

——とにかく事情を説明しないと。

三人で机を囲み、私は今朝起きたことをありのまま二人に話した。実際隣の教室まで行って学級名簿を見せ、数人と話をし、やはり春乃が消えてしまったことを、私も再確認する。そこまですれば二人も春乃が消えたことを疑わなくなり、すみれは目に見えて混乱し、一条君は考え込んでしまった。

「なんで、春乃は消えたんだろう？」

私たちの間には沈黙が満ちる。話し込んでしまって昼休みも終盤だが、私は昼食をつつく箸を一切進められなかった。朝食すら抜いているのに、春乃のことが気になり過ぎて、腹が空《す》かないのだ。すみれも食事の手を止め、いかにも不安そうにしていた。

ただ一条君だけは、いつもと同じように弁当を食べながら、ぶつくさと呟き続ける。

「いや、なんで僕たちだけが覚えてるのかってところから考えた方が良いのかな。僕たちは……確かによく春乃と話してるけど、そういった春乃との距離感で覚えていられるくらいのことなら、草太が覚えてないのがおかしいし……とりあえず、他に春乃のことを覚えている人がいないか、探してみるべきかな……」

こうなってしまった彼は、中々自分の世界から出てこない。一見普通でありながら、やっぱりどこかおかしいというか、根本から普通の人と違う感じがする一条君は、もうすでに春乃が消えたことを受け入れてしまっている。

一方、私はといえば、途方に暮れていた。ひとまず自分以外に春乃のことを覚えている人間を見つけられたのは良いが、だからといって春乃が消えた事実は変わらず、彼女への心配は増すばかりである。

春乃は何かと抱え込みやすい人間なのだ。彼女の過去を知っていれば仕方がないとも思うが、やっぱり何かあるなら言って欲しい。相談さえしてくれれば、どれだけだって力になる。そうして私は、今日何度目かもわからないため息を吐いた。

春乃がいなくなった時、まさか自分がここまで弱気になってしまうとは思わなかった。情けない。本当に春乃のためを思うなら、一条君みたくすぐに切り替えて、今がどういう状況なのかを考えるべきなのに、感情的になってしまって全く頭が働かない。

――そもそも、人が消えるなんてあり得ないわ。何がどうなってるのよ。

考えた時、ふとあの噂話が聞こえた。

「ねえ、秘密のアプリって知ってる?」

教室のどこかから聞こえた言葉。最近よく聞くものだ。昨日の昼休みもそうだった。ただその一言で、すっと頭の中が静かになって、閃《ひらめ》きのようなものが訪れる。

人が消える。確か、アプリのチュートリアルのその二に、同じようなことが書いてあったはずだ。

もしかすると、春乃は秘密のアプリを持っていたのではないだろうか。

それを誰かに知られてしまったから、書いてあった通り消えてなくなったのでは?

湧いて出たのは、予測というよりも、予感じみたものだ。だがその途端、反射的に体が震えてしまう。もしアプリに書いてあった通りなら、春乃は本当に、もうこの世のどこにもいないのかもしれない。

そんな私を、すみれが心配そうに見つめてきた。

「だ、大丈夫、結衣ちゃん？　顔色悪いよ？」

私は意識して深く息を吸い込むと、努めて気持ちを落ち着け、答えた。

「ごめんなさい。大丈夫よ。ありがとう」

三年間、秘密にしてきたアプリ。ただ私が持っているなら、他にも持っている人間がいるのだろうとは思っていた。

それでも、まさか春乃が。そしてまた、朝と同様に思うのである。

信じられない、のではなく、信じたくない。

だが、得てしてそういう悪い予感というものは、よく当たる気がして滅入《めい》ってしまう。

「……ふざけるな」

目の前の二人に気取られないよう、口の中で噛みしめるように強がった。そして世界で唯一の親友である彼女の姿を思い浮かべる。明るい茶髪。健康的な日焼けした肌。威勢の良い笑顔。一つ一つ思い浮かべながら、彼女は、きっとどこかにいる、帰ってくる、取り戻すと、弱気になる自分を奮い立たせる。

「どこ行ったのよ、馬鹿」

その時、私はいつの間にか、春乃と出会った中学生時代のことを思い出し始めていた。

まだ孤独で、どうせ誰も自分を理解してはくれないと塞《ふさ》ぎ込んでいた過去を。

私の血塗れた人殺しの手を、彼女が握ってくれた、そんな過去を。

◇

中学時代、私はなんのために生きているのかわからなかった。

小学二年生の時、押し入ってきた強盗に両親を殺されて、その強盗を刺し殺してから、私の生活は一変した。あまりのショックに精神が不安定になり、親戚の家に引き取られては錯乱し、急に叫び出したかと思えば、悪夢にうなされて暴れたり、染みついた血の感触を落とすために肌がぼろぼろになるまで手を洗い続けたり、肉を食べると死体を思い出して嘔吐《おうと》をしたりした。するとどこの家庭でも嫌悪され、いくつもの家をたらい回しにされた。

結果、故郷からも遠く離れた中学に進学し、親戚とすら離れて暮らすようになった。この時点で私は人間を信じられなくなり、自分の殻《から》の中に閉じこもって、身も心もぼろぼろになっていた。

私には、何も残っていなかった。

だから、ただ平々凡々に生きてきて、へらへら間抜けに笑い、その癖して死にたいだとかなんだと軽はずみに口にする同級生たちが、うざったくて、憎々しくて、まるで人の群れの中に放り込まれた狼《おおかみ》のようにぎらぎらとしながら生きていた。そんなだから誰ともつるまず、学校に行ったって一言も喋らない日の方が多かった。

そうしていつしか、あまりにも排他的で、攻撃的な目をしている私について、人でも殺したことがあるんじゃないか、という噂が流れ始めた。

だが、私からすれば、もうそれは好都合だった。それまではまだ、変に気を遣って声をかけてくる奴がいたり、もしくは、孤立している私をいびろうとしてくる奴がいたりなど、私に関わろうとしてくる人間がいたのだが、その噂が流れてから、誰も私に関わろうとしなくなった。

これで、あとはもう黙っていればいい。そう思えば楽だった。私のことを異常者呼ばわりする、普通だなんだとクソウザい馬鹿たちと関わらないでいいのだとわかれば、自由になれた気がした。将来のことなんてどうでもいい。今はただ、ひたすらに、静寂が欲しい。

それが中学二年の、春ごろの話である。私が完全に孤立しきって、死んだような目で生きていた時。

そんな時、私のクラスに一人の転校生がやってきた。

なんだか妙に明るく、笑ってばっかりで、すぐにクラスの人と打ち解けた騒がしい奴。彼女に対しての私の認識など、そんなものだった。だからこそ、その転校生が気さくな性格の通り、私に話しかけてきても、驚かなかった。

「初めまして。私、三宮春乃って言うの。あなたは？」

その質問に私は答えなかった。するとクラスの奴らがすぐに彼女を連れて行って、陰口を叩いた。

「あいつには関わらなくていいよ、普通じゃないし」

「何考えてんのかわかんないんだ。アブない奴なんだよ」

「なんなら、人殺したこともあるらしいぜ」

聞こえないフリには慣れていた。陰口など、小学生の頃から、ずっと、色んな家の中で言われてきたことだ。今更一々目くじらを立てるものでもない。もう、どうでもいい。

そうして一人家路についた時だった。誰もいない夕暮れの帰り道を歩き、何の変哲もない住宅街を歩いていると、後ろから声がした。

「おーい、ちょっと待ってよ！」

その声が、自分を呼んでいるというのは、なんとなくわかった。何せ、それはあの転校生の声で、周りには誰もいなかったからだ。

彼女は履《は》き潰《つぶ》したような運動靴で精一杯駆けてきて、私に追いついた。

「ま、待ってってば！」

目の前まで回り込まれ、私は仕方なく足を止めた。

「……何か用？」

滅多に喋らないため、私の声は腐《くさ》っているみたいに低くなっていた。だが、その転校生は軽く笑いつつ、息を整えた。

「いや、ほら。帰り道こっちなら、一緒に帰ろうと思ってさ」

彼女は私に向き直り、気さくで人の良さそうな笑顔を浮かべた。

「友達になろうよ。改めて、私は三宮春乃。あなたは？」

威勢の良い目元が印象的で、短くカットした茶髪が、健康的な首筋を晒している。潑溂として、眩《まぶ》しいくらいだ。

だが、差し出された彼女の手を、持っていた学生鞄で払いのけた。

「名前なら知ってるでしょ。人殺しで有名なんだから」

吐き捨てるように言って彼女の脇を抜けようとしたが、彼女は回り込んできて道を塞いだ。

私を見つめる瞳は太陽みたいに燦然《さんぜん》としていて、彼女から、底無しの明るさのようなものを感じる。活力に満ち溢れているというか、自分を魅せるのが上手そうな感じがした。

「ううん、知らない。確かにその噂の人は知ってるけどさ。私は、あなたと、友達になりたいの」

そして彼女は、快活に笑って続けた。

「なんかね、一目見て、なんとなくびびっと来たんだ。気になるっていうか、ほっとけないっていうか。私も苦しかったこと、あったからさ」

そんな転校生の言葉が、私を苛立たせた。なんだか私の全てを見透かして、理解した気になっているみたいで、胸の真ん中ぐらいに、真っ黒い感情が渦巻く。

気付けば衝動的に、学生鞄で彼女の頰を殴り飛ばしていた。

「あんたに、何がわかんのよ」

腹の底から響いてくる声だった。はらわたが煮《に》えくり返るくらいの怒りが湧き上がってきて、私の体を燃やし尽くしてしまいそうだ。殴られて、頰を押さえる彼女を、蔑むように見つめた。

「放っておいて。もう二度と、私に関わらないで」

これでもう金輪際この女も関わってこないだろうとタカをくくり、歩き出そうとすれば、転校生は言った。

「待ってよ」

突き放してなお、凜《りん》としており、怯むことのない声である。全く以《もっ》てしつこく、面倒くさい相手だ。

そこで私は、殴り返されるか、はたまた何か暴言でも吐かれるのかと思った。私にとって、他人とはそういうものだったし、実際、私はやり返されても仕方のないことばかりしていると、自覚があった。

だが、振り返った時、私は思わず瞠目《どうもく》した。

「また、明日」

彼女は怒るでもなく、睨むでもなく、ただ笑っていたのだ。赤くなった頬を摩《さす》りつつ、困ったように笑って、私に手を振っていた。

でも私は、それを受け入れられなかった。

「ばっかみたい」

悪態を吐いて、家路を辿った。ただその間も、ずっと彼女のことが頭から離れず、私はその日、ベッドで眠るまで、ずっと苛々していた。

それからというもの、彼女は頻繁《ひんぱん》に私に関わってきた。朝には必ず挨拶《あいさつ》をしてきたし、班行動などがあると、必ず私を引き込もうとして、その度《たび》に私は何度も彼女を拒絶した。だが、やっぱり彼女は諦《あきら》めず、私と友達になろうとした。

そして、事件が起きた。

「あ、おはよう！」

とある夏の日だった。転校生がいつも通りに挨拶をしてきて、私はいつも通りに、それを無視した。そして、それを快く思わない周りの人間が、いつもと違うことをした。

教室に入り、自分の席に向かおうとした私に対して、足をかけてきたのである。それは本当に些細な嫌がらせみたいなものだ。だが私はまんまと引っ掛かり、辺りの机を巻き込みながら、盛大に転んでしまった。

辺りからは驚きと、嘲笑《ちょうしょう》じみたものが聞こえる。机や床に打ち付けた肩や腰がひどく痛んだが、そんな奴らの反応に対して完全に血が上り、私は足をかけた奴に殴りかかろうとした。

しかし、起き上がってすぐ、周りの空気が濁《にご》り始めていることに気が付いた。私に向いていた敵意や嘲《あざけ》りに、戸惑いや焦りが滲《にじ》んでいるように見えたのだ。

そこで何事かと振り返れば、私が倒れたのに巻き込まれて、転校生までもが転んでいた。いつも通り私の後ろをついてきていたのが悪かったのだろう。

そして、打ちどころが悪かったのか、彼女の頭からは幾筋かの血が垂れていた。

無論、それは大出血というほどではない。頭が割れているというより、頭のどこかの皮膚が切れてしまっているくらいだろう。

だがその光景を見た時、私の心臓は、強く脈打った。なんだか息も浅くなり、変な汗が浮かんできて、むかむかと吐き気みたいなものがこみ上げてくる。手足の末端は酸素が足りなくなって痙攣《けいれん》しだし、唇は勝手に震えて、顔からは血の気が引き、頭の芯のあたりがずきずきと痛み始める。

何よりも、倒れている彼女から目が離せなくなる。呻《うめ》きながら横たわり、頭から血を流して、苦しんでいるような姿。

それが引き金となって、両親、特に母親の方が惨殺《ざんさつ》された場面がフラッシュバックした。ウチに押し入ってきた強盗は、薬でもやっていたのか、錯乱していたのだ。そして奴は、父を殴り飛ばして打ちのめすと、母を引き摺《ず》り倒し、頭を摑んで、動かなくなるまで、何度も何度も、母の頭を床に叩きつけ、そのたびに、赤い血が飛散して、母の悲鳴と泣き声が入り混じった絶叫が、物陰に隠れていた私の体を貫いて、最後に母は、ぐちゃぐちゃになった顔でこちらを見つめて……。

「あ……あぁ……あぁ……っ！」

半開きになった私の口から虚《うつ》ろな言葉が漏《も》れる。周りが、私の様子がおかしくなったと気付いても、もう遅かった。

そうして、私は正気を失った。

気が付いたら、私は保健室のベッドの上にいた。

何も覚えていなかった。ただ体中に転んだ時とは比べ物にならないほど青痣《あおあざ》や切り傷があり、自分が酷く暴れたのだろうということはわかる。だが、なんだか頭がもやがかったみたいにぼんやりとしていたため、それ以上何も考えられなかった。これほど酷く正気を失うのは数年ぶりだ。最近は周りと関わることも殆《ほとん》どなくなっていたため、私としては、穏やかに暮らせていたのである。

それにしても、どのくらい時間が経っただろう。周りは白いカーテンで仕切られていて、時計も、外の景色も見えない。ベッドを下りる気力もなく、カーテンの向こう側の静寂に、意識を傾けるばかり。ただあまりに静かで、人の気配など感じられず、先生は席を外しているのだと分かる。

私だけしかいないのだろうか。そう思って、ぽつりと呟いた。

「……なんのために、生きてるんだろう」

俯いて口を開けば、ぽろりと、心の中にあったものが転がり落ちてきた。

「もう、死のうかな」

恐ろしいほど自然に口が動いた。言葉の一音一音が滑らかに発音できて、抵抗のようなものは一切なかった。

だってそうだろう。私は、もうなんで生きているかもわからないのだ。どこに行っても普通じゃない、おかしい奴だと蔑まれ、どうせこのまま死んでいくのだろうと無気力感が胸を穿《うが》つ。なんだか何もする気が起きなくて、将来のことなどどうでもよく、もう全てを投げ出したくなってしまうことばかりだ。

それに、結局人と関わらなくても、過去からは逃げきれず、過去は癒《い》えず、あんな些細なことで、また恐怖と絶望のどん底に叩き落とされた。

なら、生きることすら、もう、途方もない。

その時突然、隣のベッドへと繋がるカーテンが、力任せに開かれた。

そして振り返る間もなく、怒声が飛んできた。

「何言ってんの！」

目を向けると、そこには頭に包帯を巻いた転校生がいた。いつも笑ってばかりの彼女が、感情的に怒りを露《あら》わにしている。ただ怒り慣れていないのか、目元が潤《うる》んでおり、カーテンを掴む手は震えていた。

「……いたの？」

彼女は答えず、私のベッドの横まで歩いてきて、私の手を摑んだ。それはまるで、私をどこにも行かないよう引き留めるみたいで、痛いほど強く握りしめられた。

「ねえ、今の本気？　駄目だよ、そんなの。死んじゃうとか、やめてよ」

彼女の手を振り払う気力さえない私は、目を逸らし、俯いて言った。

「あんたには関係ないでしょ」

すると彼女は、一層強く私の手を握りしめた。

「関係なきゃ、死なないでって、言っちゃいけないの？」

その言葉が、胸に沁み込んでくるみたいだった。そこでようやく、私は彼女のことを理解できた。

この三宮春乃という転校生は、とんでもない善人なのだ。私がこれまで出会わなかった類《たぐい》の人間で、心の底から人を愛することができる人なのだ。

よく笑い、よく気を遣う。そして、よく共感する。彼女は、きっと繊細《せんさい》な人なのだろう。触れ合ってみると、その手が震えているにもかかわらず、必死になって私に心を伝えようとしているのだとわかる。

でも、もう、今更だ。

「私は、死んだ方が良い人間なのよ」

「なんで、」

「ほんとに人殺しだから」

もう何もかもがどうでもよくなっていたため、自然と告白できた。すると、さしもの転校生も息を呑んだ。その隙に掴まれていた手を抜く。

そして、そんな自分の手のひらを見下ろし、逆の手で、強く、強く、淡々と擦《こす》った。

「洗っても、洗っても、落ちないのよ。いつまで経っても忘れられないし、ずっと痛いの。それでも、生きなきゃいけないの？」

彼女を責める気はなかった。もう、彼女を拒絶したいとも思わない。彼女が疑いようのない善人であると理解できてしまったし、そもそも私は、全てに疲れきってしまっていた。

でも、だからこそ、彼女に訊いてみたかった。

「生きてるだけで辛いのに、あんたは、私に生きろって言うの？」

彼女を見れば、その表情に私は閉口した。唇を噛んで、擦っていた手の動きを止める。彼女の顔に見惚れてしまったからだ。

「なんで、あんたが泣くのよ」

彼女は両目から、ぼろぼろと大粒の涙を流して私の言葉を聞いていた。それは私の諦観《ていかん》を受け止めて、悲惨なる過去に共感しているからだろう。向き合ってみれば、彼女はわかりやすかった。

「ごめん。でもさ、私はそれでも、生きて欲しいって思うんだ」

鼻を啜《すす》り、涙を拭って、彼女は言った。そしておもむろに制服の上着を脱げば、彼女は、私に背中を晒した。

今度は私が啞然とする番だった。うなじの下辺りから、横は両の二の腕や脇にかけ、下は腰のあたりまで、まさに背中一面、彼女の体には焼け爛《ただ》れてでろでろとした皮膚が広がり、ひまわりの花の顔みたいな無数の斑点が、びっしりと刻まれていた。

それはあまりにも醜悪《しゅうあく》で、少女が背負うには重すぎる傷であった。

「あんた、それ……」

面食らって尋ねると、彼女は服を着なおしながら答えた。

「小さい頃ね、お父さんに虐待されてたんだ。悪いことをしたら、毎回、背中に煙草を押し付けられてさ。ここに転校してきたのも、両親が離婚して、母方の実家に越してきたからなんだ」

そして彼女は、ベッドの端に腰掛けた。その顔にはいつもの笑顔はなく、ただ神妙な、思慮深い面持ちのみがある。

「でもね、逆に言えばさ、耐えてたら、絶対にいつか、どうにかなると思うんだ。耐えるっていうのはさ、動かず、じっと我慢するってことじゃないよ。逃げたりさ、助けを求めたり、とにかく、頑張って生きるってことが大事だと、思うんだ」

声色の底の方に、強靭《きょうじん》な優しさが垣間見える。そこで、私は彼女に対しての考えを改めた。彼女は、ただの善人ではないのだ。彼女は、強い人でもあるのだ。

「だから、死んじゃうなんて言わないでよ。あなたの過去に何があったかは、詳しくはわからないけど、でも、辛いことがあったなら、幸せになるべきだよ。じゃないとおかしいじゃんか」

まるで自分自身に言い聞かせるように、彼女は言った。真摯な言葉に魂が揺れるのを感じる。

それでもやはり私の手は冷えたままだった。ねばねばとした血の感触がいつ蘇るかわからなくて、常に爆弾を握り続けているみたいな恐怖が、心の片隅にずっとある。

「おかしいのは、私の方だから。私はね、普通じゃないの。人殺しの、こんな手、どうせ誰も握っちゃくれないんだから……」

「あなたは、普通だよ」

私は思わず顔を上げてしまった。刹那《せつな》、唐突に渇きを感じた。これまで見ないようにしていた欲望というか、何かが欲しかったのに、何が欲しいのかがわからなくなっていたもどかしさみたいなものが削《そ》ぎ落とされて、彼女の言葉に、求めていた潤《うるお》いのようなものを感じた。

そして、彼女は今度はそっと、寄り添うみたいにして、私の手を包んだ。

「だって、あなたは苦しんでるんだから。根っこから悪い人だったり、おかしい人は、悩まない。でも人と違うところがあっても、ちゃんと悩めるなら、やっぱりあなたは普通だよ。おかしくなんてない。それはあなたらしいってことだから、大丈夫だよ」

彼女の言葉が、渇いていた臓腑《ぞうふ》に沁み込んだ。血の巡りが活発になったような気がして、肺の底まで淀みなく空気が沈み、体から力が抜けて、全身にのしかかっていた凝《こ》りのようなものが解《ほぐ》れていくような気がした。

気付けば、彼女の手を、握り返していた。

◇

春乃が消えてから一週間が過ぎた。この間、一条君の提案で、他に春乃を覚えている人間がいないか探してみたが、生徒も、先生も、みんな彼女のことを忘れていた。春乃の家にも行ってみたが、やはり全く見知らぬ女子が我が物顔で出入りしており、春乃の母も当然のようにそれを受け入れていて、そんな光景を一目見ただけで気持ち悪くなってしまった。

故《ゆえ》に私はと言えば、ろくに食事も進まず、眠れず、気分と体調は最悪である。胸が張り裂けそうだ。これまで規則正しく、春乃のために、時間を溜めるためにルーティン化していた生活は滅茶苦茶になり、たった一週間で二度も遅刻をし、授業中に居眠りをしてしまったこともあった。

ただ、それも仕方がない。私にとって春乃は生きる意味だった。なんせ、彼女の過去を変える時間を溜めるためだけに、私はいつも通りに生きていたのだ。

「大丈夫、結衣ちゃん？」

すみれの声がした。目を上げれば、そこには彼女がいた。学生鞄を背負っているところを見るに、もう放課後になったらしい。そして一歩後ろには一条君が立っていた。

すみれは相変わらず優しそうな様子で続けた。

「体調悪いなら、結衣ちゃんは帰る？　私たちから谷津先生に言っておくから……」

気遣うような言葉だ。だが、私は首をひねった。

「谷津先生？」

なぜ谷津先生の名前が出てきたのかわからず、訊き返すと、一条君が答えた。

「さっき、ホームルームで先生が言ってたの聞いてなかったの？　僕と、吾妻と、すみれの三人で図書室に呼び出されたやつ」

「あぁ……ごめんなさい、聞き逃してたわ」

席を立つと、机の横にかけてあった学生鞄を持ち上げ、首を鳴らす。全身が凝り固まって仕方がない。私の正気は心の奥底に一握り程しか残っていなかった。

「行きましょう。もしかしたら、春乃に関することかもしれないわ」


蜘蛛《くも》の糸でも手繰るような気持ちである。そうして三人で図書室に入れば、受付の奥の方から、盆にティーセットを載せた谷津先生が出てきた。

「ああ、ごめんなさい、いきなり呼び出して。奥の机で待っててもらえる？　すぐに用意するから」

酷い猫背で、目の下に不健康そうなクマがある谷津先生。ただ、それが普段の姿である彼女は、テキパキと体を動かしていた。不健康そうの度合いで言えばいい勝負な今の私は、同じことをしたら、ティーカップをいくつ割るかもわからない。

そもそもどうしてそんなものを用意しているのか、という話だが。

言われた通りの席に着くと、私は口を開いた。

「長くなりそうね」

図書室でも一番奥に位置する机であり、本棚のせいで外からは見えない場所。右隣に腰を下ろしたすみれが答えた。

「な、何の話なのかな。怒られたり……？」

「すみれは心当たりがあるの？」

私の左手側に座った一条君に尋ねられて、すみれは考え込んだ。しかしやはり何も思い浮かばない様子である
「待たせてごめんなさい。熱いから気をつけてね」

駄弁《だべ》っていると、谷津先生はすぐに現れた。私たち三人の前に、緑茶が注がれたティーカップを置いて、彼女自身は私の真向かいに座る。

直後、私は差し出された緑茶を飲みもせず、尋ねた。

「それで、今日はどうして私たちを？」

谷津先生は一つ苦笑して、どこか緊張したような様子で言った。

「訊きたいことがあってね……あなたたち、秘密のアプリって知ってる？」

左右の二人と目を合わせた。二人とも自然に頷いている。私ももちろん表情は崩さない。

しかし心の中では、なんだか予感があった。

――秘密のアプリ……いきなりね。でも、なんで谷津先生は緊張してるの？

それは、この一週間頭から離れなかったもの。春乃は秘密のアプリのせいで消えたのではないかという予測。探せど探せど、何の手掛かりもないため、うっすらと現実味を帯びてきた考

えだ。

「……さあ、私は噂ぐらいでしか聞いたことありませんが」

谷津先生の顔を、じろりと見つめる。少しでも多く、春乃に関する情報が欲しいのだ。私は飢《う》えているように、彼女を観察した。

そんな私の目に対して、けれども彼女は、緊張しながらも人の良さそうな、柔らかい笑顔を浮かべた。

「嘘《うそ》は言わなくていいわ。あなたたち、みんな三宮さんのことを覚えてるんでしょう？」

続いたその言葉に対して、ゆっくりと、深く息を吸い込む。その拍子に若干埃臭《ほこりくさ》い図書室の匂いが一緒に入ってくるが、そんなことは気にならない。視界の端では一条君も同じように黙り込み、谷津先生のことを、静かに見つめていた。彼も、彼女が何かを知っていると感じたのだろう。

しかしすみれだけは、素直に驚いた様子で口を開いた。

「先生、春乃ちゃんのこと覚えてるんですか？」

「もちろん。あんなに元気いっぱいでやんちゃな子を、そんなにすぐ忘れられるわけないじゃない」

すみれの問いに、谷津先生は安心したようになった。それを見て唇を舐める。

——安心した？

訝しんだ時、一条君が口を開いた。

「良かったです。僕たちも、他に春乃のこと覚えてる人はいないかって探してたので。ただ……こうなると、やっぱりなんで僕たちだけが覚えてるんだろう」

一条君の言葉に対して、谷津先生はまた緊張したように頰を固め、生唾《なまつば》を呑んだ。なんだかその行動が、喉元まで言いたいことがせり上がってきているのに、言い方を模索しているみたいな、そんな具合に見える。

「そ、そのことね。ええ……今日は、そのことでみんなを呼んだの」

彼女は撫でるように私たち三人の顔を眺めたかと思うと、深呼吸をして、胸いっぱいに息を吸い込んだ。張り詰めた沈黙が広がる。すみれも、ようやく谷津先生が何かを知っていると予感したのだろう。

言葉を待つ。身構える、と言った方が良いかもしれない。気付けば私もまた緊張しており、乾いた唇をもう一度舐める。

ただ、告げられた彼女の告白は、爆弾じみていて、私は一瞬頭が真っ白になった。

「私たちが三宮さんのことを覚えているのは……私たちが、みんな、秘密のアプリを持っているからよ」

「……は？」

思わず私は唖然として呟いた。私が秘密のアプリを持っていると当てられただけではなく、みんなという点に理解が追いつかない。

——二人も……アプリを持ってる？

一瞬だけ硬直し、二人のことを見ようとすると、同時に右隣でがたんっと椅子《いす》が倒れる音がした。

すみれが勢いよく立ち上がり、飛び退いていたのだ。顔色は真っ青であり、慌てふためきながら、ポケットから携帯を取り出したかと思えば、危ないものでも持っているかのようにがたがたと震え、それを床の上に投げ捨てた。

「ち、ちが、違うんです、私、よくわかんなくて。何もしてないっていうか、本当にいきなり、入ってて」

そのまま壁際まで下がり、自らの身を抱くすみれがあまりにも怖がっており、それを見て、私は意識を取り返した。

「ちょ、ちょっと、落ち着きなさい」

「でも、でもでも、アプリ、秘密にしなきゃいけないのに、し、しし知られちゃったから、き、消えちゃうんじゃ……っ！」

怯《おび》えきったすみれの心配は、しかし当然のもののように思えた。アプリのチュートリアルには、こう書かれてあったのだ。

その二「絶対にアプリを持っていることは秘密にしなければいけません。もし誰かにアプリを持っていることが知られた場合、あなたがこの世から消えてなくなる場合があります」

その時、一条君が言った。

「いや、それは心配しなくていいんじゃないかな」

振り返ると、彼はやはりというべきか、いつもと一切変わらない、落ち着き払った様子ですみれを見ていた。淡々とした瞳は緻密《ちみつ》な黒色で、その顔にはむしろ、納得のようなものまで浮かんでいる。

それを見て、すみれが縋るような目で彼を見た。

「ど、どういうこと？」

「今ので消えるなら、谷津先生だって消えちゃうよ。なら、先生はそんなこと言わないんじゃないかと思って」

確認するように視線を向けられた谷津先生は、ぎこちなく頷いた。ぶれない一条君に対して、素直に驚いているのだろう。

「ええ、一条君の言うとおり。だから雪月さんも安心して」

笑いかけられて、すみれはようやく安堵《あんど》したようになり、その場に座り込んだ。気が抜けたのか、腰が抜けてしまっているみたいである。私はため息を吐き、立ち上がれば彼女に手を貸し、椅子まで運んで、床の上に捨てられた彼女の携帯を拾った。投げ捨てられはしたものの、傷が入ったりはしていないようだ。

それを渡しながら、私は、すみれに対しての認識を改めていた。彼女は普段こそ呑気で、照れ屋であり、ところどころちゃっかりしているものの、根は思っていた以上に臆病《おくびょう》なようだ。特にパニックになった時は衝動的になってしまうらしく、可愛らしさとのギャップに言葉を失った。

だが今はそんなことよりと、谷津先生に向き直った。

「それで、アプリと春乃が消えたことに、どんな関係があるんですか？　春乃は……春乃は、今どこにいるんですか？　帰って……きますよね？」

問い詰めるような強い口調になってしまう。ただ、ようやく進展したのだ。もうこの際、春乃が戻ってきさえすれば、何でもよかった。

そんな私の質問に対して、谷津先生は答えにくそうに目を逸らした。

「それは……」

彼女の顔を見て、瞬間、心に大きな穴が開いたような、絶望じみたものに息を呑む。そんな私に対して、一条君は静かに発した。

「アプリのせいで消えたなら、もしかしたら、アプリで助けられるかもしれないし、まずはちゃんと話を聞こう、吾妻」

彼は谷津先生を一瞥した。

「訊きたいこととか、他にも、多分、聞くべきことが、色々あるから」

「……聞くべきこと？　どういうこと？」

「そもそも、谷津先生が僕たちを呼んだ理由だよ」

放課後らしく、窓の外からは茜色《あかねいろ》の夕陽が差し込む。すぐそこに見下ろせる校庭では野球部が練習をしていて、バットがボールを打つ小気味好い音が聞こえる。いつも通りの放課後。春乃がいなくなってから、何一つ変わらない世界。

だが、私たちだけは流れている時間の歪《いびつ》さに気付いてしまった。そして今、目の前にいる先生は、この時間を動かしている絡繰《からく》りについて、何かを知っている。

「春乃が本当に消えたなら、先生は、僕たちにもう探すなって言おうとしているのか……それとも、探さない方が良いって、言おうとしてるのか」

一条君が口にすると、谷津先生は小さく笑った。

「鋭いわね、一条君。君は……どこまで、気付いてるの？」

尋ねられて、一条君は携帯を取り出し、隠すことなく自らの秘密のアプリを開いた。表示された砂時計には、まだ殆ど時間が溜まっていない。

それでも彼は慣れたように画面を操作し、チュートリアルを開いた。

チュートリアル

その一

他人より良い未来を実行して、時間を溜めなければいけません。時間の溜まり具合は、ホーム画面にて、砂時計内の砂の量で確認できます

その二

絶対に、アプリを持っていることは秘密にしなければいけません。もし誰かにアプリを持っていることが知られた場合、あなたがこの世から消えてなくなる場合があります

その三

あなたはアプリから離れられません。アプリ内にはあなただけの時間が保存されており、常にあなたの傍でこれを更新し続けています

その四

砂時計が一杯になるまで時間が溜まったら、過去を変えなければいけません。砂時計一本につき、一人の人間の過去を、一つだけ変えられます

「ここに嘘が書かれてないということには気付いています。例えば、僕たちが春乃のことを覚えているのは、その三に書いてある通り、アプリの中に僕たちの時間が保存されているからですよね？」

そう言われて、私はようやく気が付いた。谷津先生は私たちが秘密のアプリを持っているから、春乃のことを覚えていると言っていた。

確かに読み返してみれば、あなただけのという部分に目がつく。私たちはそれぞれ、アプリの中に自分の時間、言い換えれば記憶を保存していたため、この世界から春乃が消えてしまったとしても、彼女のことを忘れなかったのだ。

「ええ、その通り。嘘は書かれていないっていうのは、正しい認識よ」

谷津先生が認めれば、しかし、新たな疑問が湧いた。一条君が言ったように「嘘は書かれていない」という観点でチュートリアルを見返すと、矛盾《むじゅん》があるのだ。

「でも谷津先生、その二には、『絶対にアプリを持っていることは秘密にしなければいけません』って書かれていますが……どうして私たちに？」

絶対に、という言葉通りに取るならば、いかなる状況であっても、アプリを持っていることは秘密にするべきなのだろう。そうなると、私たちにアプリを持っていることを打ち明けた谷津先生の行動には違和感がある。

先生は顔を陰らせて黙した。それは固く、重い沈黙だ。

「せ、先生……どうしたんですか？　や、やっぱり、アプリは秘密にしてないと、消えちゃうんですか？」

戸惑いながらすみれが尋ねると、谷津先生は答えようと、口を開いた。

しかし、その直前に一条君が言った。

「消えちゃう、っていうより……消されちゃう、の方じゃないかな」

しんと静まり返る。私より一歩や二歩先を理解しているような彼の言葉を咀嚼《そしゃく》できず、確かめるように谷津先生の方を見た。すると彼女は、強く目を瞑って、頷いた。

それを見てすみれが尋ねる。

「消されちゃうって……な、何に？　アプリに？」

震えた問いかけに、一条君はやはり淡々と答えた。

「人に、じゃないかな。厳密には、多分、自分以外のアプリを持ってる人に、ってことだと思う」

そして彼は、チュートリアルのその一を指さした。

「この、人より良い未来を実行して時間を溜める、っていうので、他人と競争したり、限られた枠を獲得したりすれば、より多くの時間が得られるっていうのは、何となくわかってたんだ。でも、じゃあどうしてそういったことでより時間が溜まるんだろうって思ってさ。アプリに溜めているのが自分の時間なら、他人は関係ないし……だから、アプリに溜めてるのは、ひょっとしたら他人の時間なんじゃないかなって思ったんだ」

　そこまで説明されると、私もなんとなく、アプリのタネがわかってきたような気がした。実際谷津先生は一条君の話を否定せず、黙って聞いているのだ。

「他人の時間を、溜めてる……？」

　話に付いてこられていないすみれに対して、私は答えた。

「他人の時間を溜めてるっていうのは……例えば受験とかなら、受かった人間がいれば、受からなかった人間もいて、それは前者が後者の時間を、そうね……奪った、とも言えるでしょ？　そういうふうに他人から奪った時間を、アプリは溜めているっていうのを、一条君は言ってるんでしょ」

　自分の中でも整理しつつ、彼の言葉を咀嚼するようにしながらすみれに説明する。

　しかしそうして一条君が言っていることを理解すればするほど、最悪な予感のようなものが胸に芽生え始めた。

　アプリのチュートリアルのその三に記載されていた、「あなただけの時間を保存しており」という文言を思い出したのだ。

　一条君の言うとおり、アプリに溜まっている時間が他人のものだとしても、私がしていたテストで良い点を取るような時間の奪い方は、他人の、未来の時間を奪うものである。

　しかしアプリには、アプリを持っている人間だけの時間が保存されており、もしそれが、その人間の過去という意味なら、それを奪われた時、その人間はどうなってしまうのか。

そうして、私は谷津先生へと尋ねた。

「谷津先生。もし他のアプリを持っている人間に、アプリを持っている人間が時間を奪われたら、奪われた側の人間はどうなるんですか?」

その時、ようやく察したのか、すみれが生唾を呑む音が聞こえる。一条君は、恐らく私と同じ結論に至っているのであろう。これはあくまでも、答え合わせ、確認作業である。

三人の視線を受け止め、谷津先生は、答えた。

「……消えるわ。この世から綺麗さっぱりいなくなって、その抜けた穴を埋めるみたいに、世界が修正される。あなたたちも三宮さんが消えてから、一切見覚えのない生徒が代わりに生きていたのを見たでしょう?」

実際目にした光景だ。春乃の席だったはずの所に、見知らぬ生徒が座り、何の違和感もなく他のクラスメイトと親しげに話していた。春乃の家庭にも、春乃の代わりのような、見知らぬ女子が馴染《なじ》んでいた。

なんだか歯がゆくなって、思わず拳《こぶし》を握りしめる。本当に馬鹿げてる。そして、胸の内の、とある疑念は確信へと変わっていく。

「だから、アプリは秘密にしないといけないの。誰かに、消されてしまうかもしれないから」

「ひ……っ!」

悲鳴を上げるすみれは、自らの携帯を大事そうに握りしめた。そして一条君は、私を見ていた。

彼が何を考えているのかは、普段ならばわからない。だが、今はわかる。

私は続けて尋ねた。

「谷津先生。他に人が消える場合って、どんな時ですか？」

そこで、彼女は言い難そうにしながら、深く息を入れ替えて、告げた。

「いいえ、他のアプリ保有者に時間を奪われない限り、人は消えないわ。チュートリアルにも書いてある通り、時間はアプリが保存しているから、例えばその人が死んでしまったりしても、アプリは残り続けるの」

「じゃあ……やっぱり、そうなんですね」

これまで一週間、茫然としていた体に活力が湧き上がっていくのを感じる。それは怒りだった。心臓の辺りにどす黒い憎悪のようなものがわだかまる。はらわたが煮えくりかえるようで、噛みしめる奥歯に力が籠もる。

つまり、春乃が消えたということは。

「春乃は、誰かに、殺されたってことなんですね」

そう表現すると、私は思わず立ち上がった。すると、一条君は私を見上げた。

「吾妻？」

すみれも、谷津先生も、驚いているようだ。だが、そんなことはどうでもいい。春乃が殺されたのだと分かればもう正気は保てない。

——あの男が、春乃を。

アプリへの理解が深まれば、わかることだった。

「ちょっと用事を思い出したの」

鞄を引っ摑み、答えると、私は一条君を見下ろした。

「大事な用事だから、邪魔、しないでね」

そうして私は、図書室を飛び出す。

春乃が消えて、この一週間、どうすれば彼女が帰ってくるかわからなかったが、簡単な話だった。

奪われたなら、奪い返せば良いだけだ。

四章

双葉草太

幼稚園生の頃の夢はメジャーリーガー。

小学生の頃の夢はプロ野球選手。

中学生の頃の夢は甲子園出場。

今の夢は公式戦で勝つこと。

俺の夢は、確実に、年老いている。


すぱぁん、と乾いた音が鳴った。辺りはすっかり暗くなっていた。ナイター設備なんてないうちの学校では、居残り練習をするほど熱心な野球部員など、俺と彼くらいのものだった。

「ひゃあ、痛《い》ってぇ。相変わらずすげぇなぁ、草太」

キャッチャーミットから硬球を拾い上げ、俺と同じく二年である野球部員、ジュンペイは笑った。ずっしりとした腹が特徴的で、いかにも自堕落《じだらく》そうな奴である。だが、野球に対しては真摯な所があり、こうしてよくピッチング練習に付き合ってくれるのである。

「でも、もうそろそろ帰らね？　暗いしよぉ、球が見えなくなってきて危ねぇよ」

「ああ、じゃあピッチングはここまででいい。俺はもう少ししていくから、先帰っててくれ」

顎から滴る汗を手の甲で拭う。それを見てジュンペイは眉を顰めた。

「……あのなぁ、草太。無理し過ぎじゃないか？　そら、お前はスタメンだから、勝ちたいって気持ちはわかるけどよ……」

言葉を濁らせた彼は、二重顎をたぷたぷと揺らしながら喋る。ジュンペイは野球こそ好きだが、実力は揮《ふる》わず、ベンチ入りもしていないのである。それでもよく練習に付き合ってくれていた。

だが逆に言えば、そんな彼が残っているというのに、他のレギュラー陣は自主練などしていない。

それも当然だ。

うちの野球部は、至って平均的な、強くも弱くもない、普通の野球部なのだから。

もうすぐ始まる甲子園の県予選も、二、三度勝てれば御の字。ベストエイトに進めたら奇跡で、きっとどう足掻《あが》いても準決勝より先には進めない。

中学生の頃に見ていた夢は、叶わない。

それでも俺は諦められなかったのだ。

中学生、いや、小学生の頃から本当は、自分に才能がないと気付いていた。ただ図体《ずうたい》ばかり大きくて、馬鹿みたいに練習して、ようやく普通より少し上手い程度。こんなところでもがいたところで、無駄で、ただただ惨《みじ》めで、劣等感や虚無感に襲われることばかりだ。

だが、それを受け入れたくなかった。まだ心のどこかで、自分には才能があるのだと信じていたかった。

憧《あこが》れたスターになりたかった。

自分が凡人であるということを、認めたくなかった。

「気持ちが、わかる？」

鼻で笑えば、彼を見くだした。

「お前に何がわかるんだよ。ベンチにも入れねえくせに」

すると彼は、ただ傷ついたように顔を陰らせた。

「それは……そうだけどよ。俺だって……」

ただ、彼は全ては言わなかった。それから黙って俯き、自分の荷物を纏めて、踵を返す。

その背中を、俺は見送りすらしなかった。

そうして、せいせいとして、呟く。

「ようやく、うるさい奴らもいなくなった」

それはもちろんジュンペイのことでもあり、一週間ほど前に殺した、彼女のことでもある。

アプリの時間が溜まると思ったから、一年前にプールで助けたのに、なぜか大して時間が溜まらなかった。挙句の果てに馴《な》れ馴れしく言い寄ってきて、仕方がなく付き合ってはみたものの、やはりそれでも時間が溜まるわけでもなく、本当に騒がしくて、ただ鬱陶《うっとう》しいだけの女だった。

それに何より、背中が気色悪く、抱く気にもならない醜女《ぶおんな》である。

役に立つことと言えば、それこそ練習終わりに食べ物を用意してくることくらいだ。だが、そもそも俺が野球に打ち込もうとしても付き纏ってきて、ひたすらに目障《めざわ》りだった。どれだけ突き放そうとしても「野球に専念したいんだね」などと勝手に勘違いした馬鹿である。

そして、どうやって捨てようと困り果てていたところ、彼女が秘密のアプリを手にした。

だから、殺した。

秘密のアプリには、「この世から消えてなくなる」という一文があった。つまりそれを利用して消してしまえば、なんの遺恨も残らず、捨てられると思ったのだ。

翌日登校した時、本当に綺麗さっぱりあいつが消え去っており、誰もあいつのことを覚えておらず、そこまでは全て思った通りで、清々《すがすが》しさを感じるほどだった。

だが、そこから、思いもよらぬことが起こった。

あいつのことを覚えている人間がいたのだ。

仁に、雪月に、何よりも吾妻。あの朝、咄嗟に他のクラスメイトの真似《まね》をして、あいつのことを忘れているふりをできたのは奇跡だろう。

しかし、なぜあの三人はあいつのことを覚えているのだろうか。秘密のアプリを手に入れて二年ほどだが、チュートリアルは曖昧な表現ばかりで意味がわからない。とりあえず「他人より良い未来を実行する」ということで、基本的には善人らしく振る舞ってはいるが、それが正しいのかもわからない。

ただ、それでもアプリが本物であるということは間違いない。あいつを消せたことで、改めてそう思えた。

ならば、時間を溜めてアプリさえ使えば、俺もまだ挑戦ができる。

アプリがあれば、今みたいな、スパイク一つ満足に買えない貧乏な家じゃなくて、もっと裕福で色んな練習道具を揃えられる家に生まれなおせる。

アプリがあれば、こんな弱小校じゃなくて、全国でも有名な強豪校に入りなおせる。

アプリがあれば一からやり直せる。

年老いてしまった夢を、甲子園、プロ野球、メジャーリーグを、まだ諦めなくて良いのだ。

まだ夢を追えるのだ。

そうして金属バットを摑み上げ、素振りをしようと、振り上げた瞬間だった。

がくり、と突然左ひざが落ちて、立っていられなくなる。刹那、燃えるような強烈な痛みが、左の太腿《ふともも》を裏側から貫き、骨に達したその鋭痛が、腿の中を掻き回すように暴れ出す。

「が、あぁっ、痛ッ！」

金属バットを杖《つえ》のように地面に突き立て、バランスを取ろうとすると、今度は空いた脇腹に激痛が走り抜け、息すらできなくなり、倒れ込んだ。

「な、なに、が……」

喉の奥から噴き上がってきた血を噛みしめ、体を見下ろす。右の脇腹と、左の腿の裏に、包丁のようなものが深く突き刺さっていた。

刺された。刺されている。何が何だかわからなくなり、顔を上げると、そこには一人の女が立っていた。

暗闇の中に浮かび上がる白い美貌。それは健康的というわけではなく、病的なほどにやつれている。ただそんな細い頬や手足は、やつれてはいるものの、弱っているというよりは、飢えて獰猛《どうもう》に研ぎ澄まされているようだった。特にどす黒くなった瞳はぎらぎらと鋭く尖り、俺を刺し殺すように見下ろしている。

「あ、吾妻……お前……なんでっ！」

校庭の片隅、こんな時間なら誰も立ち寄らないところ。なんだか、あまりにも彼女から情のようなものが感じられず、人というより獣《けもの》や蟲《むし》のように思えた。傷つき、横たわり、もがくしかできない俺という獲物《えもの》を前に、じっくりと、どう仕留めてやろうかと考えているようだ。

「なんでって、あんたが、春乃を殺したからでしょ」

冷たく言い放たれて、俺は思わず目を見開いた。

脇腹と腿に包丁が刺さったまま、それでもなんとか起き上がり、息を吸う。しかしパニックで肺も心臓もおかしくなってしまったのか、空気が喉を通らず、口の中で酸素を噛むような、浅い呼吸しかできない。

「おま、」

口を動かそうとした途端、彼女は金属バットを拾い上げ、俺の顔面を殴り飛ばした。鼻が潰れたみたいに痛んで、脳の奥までじんじんと衝撃が響く。吹き飛んだ前歯が転がっていくのが見える。俺自身も吹き飛ばされ、倒れ込む時に、体に突き刺さった包丁が更なる痛苦を発生させた。

「い、痛でぇぇっ！」

体中が痛くて、熱くて、何も考えられない。確実に目の前に死が迫っている予感がするのに、それをどう理解すればいいのかがわからない。

「貴方、春乃が消えた日の朝、私に対して、怒ると怖いんだから、って言ったわよね。でも、おかしいじゃない。春乃のことを覚えていないなら……春乃がいないなら、私が怒るところなんて、見たことがないはずでしょ」

言って、彼女はへこんだ金属バットの先を引き摺りながら、吹き飛んだ俺に歩み寄ってくる。その姿が、明らかに異常者のそれであり、ふと、彼女の「人を殺したことがある」という噂を思い出す。

「だって、私は春乃がいないと、もうとっくの昔に死んでいるんだもの。こんな世界の、春乃以外のどうでもいいことで、怒る気力なんてないのよ。私には、春乃しかいないの」

そうして彼女はしゃがみ込むと、鞄からまた包丁を抜き取り、今度は俺の右太腿へと、容赦《ようしゃ》なく振り下ろした。

「ぐ、あっッア！！！」

喉が裂けるほどの悲鳴が出る。自分の声じゃないみたいで、頭が朦朧《もうろう》とする。

そんな中、彼女は、血に酔ったような目で俺の顔を覗き込んだ。

「ねえ、なんで、あの子を殺したの？」

引き摺り込まれてしまいそうなほどの、底なし沼みたいな殺意が渦巻いている瞳。その眼差しにあらゆる感情や思考が押し潰されて、もう俺の心の中には、たった一つの小さな感情しか残っていなかった。

それは、醜《みにく》い、醜い、プライドだった。

「うるせエっ！」

腕力だけで、強引に吾妻を突き飛ばす。

両足を刺し貫かれて動けない。もう死ぬ。そうわかっていても、やっぱり、自分を変えられなかった。

これまでと同じだ。本当は自分に才能がないとわかっていても、それを受け止められなかった。ただ馬鹿みたいに、理想の自分を追っていた。変わりたくなかった。

俺は、所詮。

「どいつも、こいつも、馬鹿だ、馬鹿ばっかりだ！　どうせ俺のこと見下してんだろ！　無駄で……意味のねえことばっかしてって、思ってんだろ！　俺は……俺はなァッ！　こんなとこで燻《くすぶ》ってる人間じゃねえんだ……お前ら馬鹿どもとは違《ちげ》ぇんだ！」

歯も折れて、唇も腫《は》れあがり、興奮しすぎてろくに呂律《ろれつ》も回らない。

それでも、吐き出さずにはいられない。

「馬鹿がどうなろうが知ったこっちゃねえんだよ！　失《う》せろ、お前も消え失せろ！　おかしいくせに、普通みたいな顔しやがって、俺のこと……見下しやがって！」

吐き出しきると、体がぶるぶると震えた。もう自分が何を言ったのかも思い出せないくらい、気が動転していた。

ただ、視線の先の方で、ゆらりと彼女が立ち上がる。

その目を見た時、思わず、息をすることすら忘れてしまった。

「ど底辺のクズ野郎が。あんたみたいな自分の事しか考えていない人間が、他人の血や、汗や、涙の上にできた普通をぶっ壊すんだ。あんたたちが、私たちをどん底に突き落としたんだ。お父さんも、お母さんも、春乃も、みんなあんたたちが」

幻覚でも見えているのか、目の焦点が合わないまま、彼女は独り言でも言うみたいにぶつぶつとものを言った。

しかし次の瞬間、その決定的に歪《ゆが》んだ瞳が、俺の全身を捉えた。

「地獄に落ちろ」

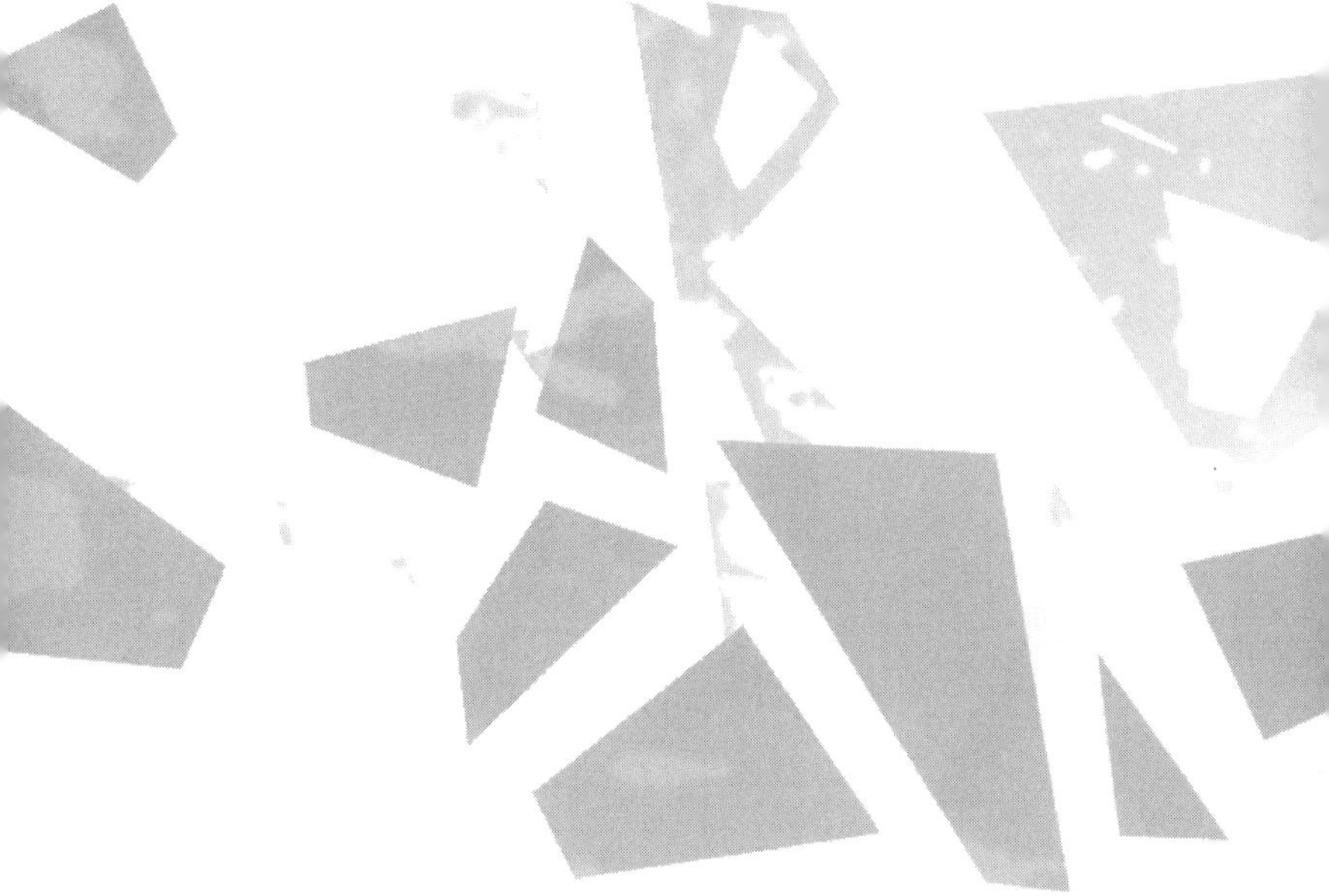

五章

雪月すみれ

「大事な用事だから、邪魔、しないでね」

結衣ちゃんはどこか線が切れたような壊れた表情でそう言い、学生鞄を持って図書室を後にした。こちらに有無を言わせないような形相で、呆気《あっけ》に取られてしまう。

「……一人で大丈夫かな？」

彼女が出ていって、私はぽつりと呟いた。すると、向かいにいた谷津先生が答えた。

「……きっと大丈夫よ」

その言葉に含みのようなものを感じてしまう。俯いてしまった谷津先生は、やっぱりまだ、何かを隠しているようにも見える。

その時、一条君が立ち上がった。

「僕、吾妻を止めてきます。何か、嫌な予感がするので」

「駄目！」

唐突な谷津先生の大声に、私は思わず震えてしまった。あの一条君でさえ、少しだけ驚いている。それだけ谷津先生の制止は、真に迫った絶叫みたいな、強いものだった。

「……どうして止めるんですか。多分吾妻は、」

「ええ、わかってる。わかってるわ。でも、だから駄目なの」

一条君の言葉を掻き消しながら、谷津先生は頭を抱えた。しっかりと整えられていた前髪がぐちゃぐちゃに乱れて、顔が真っ青になっている。私は二人が何を話しているのか理解できなかったが、咄嗟に谷津先生に駆け寄った。

「せ、先生？　大丈夫ですか？」

背中を摩ると、谷津先生は緩く目を瞑った。

「……やっぱり、こうなるのね」

「やっぱり？」

一条君が訝しむ。すると谷津先生は、薄く目を開いて、言った。

「……私が、どうしてあなたたちにアプリを持っていることを明かしたか、まだ言ってなかったわよね」

彼女は続けた。

「三年前にも……似たようなことがあったのよ。こんな風に誰かが消えて、何が起こったのかわからなくなった生徒たちが私の所に相談に来て、みんながアプリを持っているってわかったから、話し合ってたらアプリの本質がわかってきて……そして、誰が殺したかって話になって」

喋るたびに喉が痛んでそうな、苦しそうな話し方だ。それでも谷津先生は、必死になって語ろうとしていた。ただ尋常じゃないほどに谷津先生の手が震え始め、開いた瞳孔《どうこう》が、どこか遠くを見つめているように空想的になる。

そんな様を見ていると、心が竦んだ。私は結衣ちゃんや一条君みたいに、すぐに色んな事を理解することはできないが、それでも、自分がどれほど恐ろしい地獄に引き摺り込まれているのかが、うっすらと自覚でき始めた。

一条君が、静かに尋ねた。

「そして、どうなったんですか？」

谷津先生は消え入りそうな声で言った。

「みんな消えたわ。いえ、消されたの。私以外、一人残らず。互いに殺し合って……誰かに、殺されて」

彼女の言葉は、冷たい風のようになって胸の奥の方まで吹いてきた。体が芯から凍えてしまうみたいで、手が震えだす。

どうして私はこんなことに巻き込まれているのだろう。人が人を殺すなんてことが、そんな簡単に起こって良いのか。

そして私も……誰かを、殺さないと、いけないのだろうか。

考えて、すぐにかぶりを振った。無理だ。私にはそんなことできない。ならばもう、殺されるしかないのだろうか。

不安になる私の隣で、平静を保った一条君は訝しんだ。

「……誰か？　互いに殺し合っただけじゃないんですか？　それに……どうして、谷津先生だけが生き残ったんですか？」

その問いに谷津先生は下唇を噛んで言った。

「誰かっていうのは、あくまでも私の推測。でも考えてみれば、みんなは誰かが消えてからそれぞれ相談に来たの。それに疑心暗鬼になって、殺し合いになってからも、最後の一人まで消えたのはおかしいでしょう？　人を消すには時間を奪わなければいけないから、絶対に、最後に誰かが残るはずなのに。だから私は、私が知らない誰かがいて、みんなを殺して回ったんだと思ってるの」

彼女は、両手の拳を握りしめた。それはやるせない悲しみと怒りを左右の手それぞれで摑んでいるみたいで、谷津先生は自分を責めるように、その両手で膝《ひざ》を殴った。

「そして、一条君が言ってるみたいに私だけが生き残ってるのは……私だけが殺し合いに参加しないで、ずっと、ここで傍観《ぼうかん》していたからだと思うわ。どうにもできなかったの。みんな、人が変わったみたいになっちゃって、私は、恐ろしくて、ただ見ていたの。だから、多分、その誰《い》かには気付かれなかった」

そこでようやく、谷津先生は顔を上げた。彼女の瞳には強い力があって、訴えるように私たちを見つめている。

「でも、そうやって静かにしていれば、もしかしたら、生き残れるかもしれない。それを教えるためにあなたたちを呼んだの。ねえ、だからお願い。もう何もしないで」

切実な言葉だった。彼女の顔には恐怖と、そして使命感じみたものが乗っていた。優しい谷津先生らしい。これまでずっと、自分だけが生き残ってしまったことを悔いていたのかもしれない。

そんな谷津先生に、私は目を奪われた。彼女は私と同じように、臆病な人でもあると思えたのだ。人なんて殺せない、そんなこと考えたくもない。それが普通なんだ。

そう思うと、信頼できる人ができたみたいで、どこか心が軽くなった。

その時頭に過《よぎ》ったのは、そんな谷津先生の言葉を聞くことなく飛び出していった結衣ちゃんのことだ。

谷津先生が一条君を引き留めた理由が、ようやくわかった。

きっと結衣ちゃんは、誰かを殺しに行ったのだ。

わかった時、胸が張り裂けそうだった。本当に静かにしていればいいのだろうか。友達が人殺しになるのを傍観していていいのだろうか。自分だけが助かれば、それで良いのだろうか。

そうして、もう一度谷津先生を見る。私と同じ臆病さを持った人。今も、後悔と罪悪感で苦しんでいる。

これから私は、こうやって生きていくのだろうか。

考えるより早く、私の口は動いていた。

「……じゃあ」

顎がかたがたと震えていて、うまく口が動かせない。怖い。怖い。死にたくない。パニックになりそうになるが、自分の手首を握りしめて、理性と道徳を繋ぎ止める。

「な、なな、なおさら、結衣ちゃんを……止めないとっ！」

再び腰が抜けそうだった。体から魂が抜けていってしまいそうなくらい怖いが、それでも、このまま谷津先生のように生きる方が、よほど怖いと思えた。

私なんて平凡で、取り柄なんて一つもなくて、ぱっとしない普通の人間だ。だから、人なんて殺せない。

でも、友達を助けたいと思うことだって、普通のことのはずだ。

私が勇気を振り絞ると、そんな私の手を、横から伸びてきた手が握った。

「うん、そうだね、すみれ。僕もそう思う」

顔を上げると、一条君が、本当に小さく微笑んでいた。それは私を心から信頼しているみたいで、そんな目を向けられていることに心が溶かされそうになる。

中学生の時に、彼を助けて、彼に助けられて、私は初めて自分を誇ることができた。その時みたいな感動が訪れて、更なる勇気が溢れてくる。

彼がいれば、どんなことだって、大丈夫だと思える。

「谷津先生、色々教えていただきありがとうございます。これまで、何をすればいいかわかりませんでしたが……先生のおかげで、何をすればいいか、わかりました」

一条君の言葉を聞いて、谷津先生はくしゃりと顔を歪めた。今にも泣きそうで、私たちを引き留めたいという思いが伝わる。彼女は本当に優しい人だ。

そう、本当に、優しくて、私と同じように、弱い人だ。

「……気を付けて、ね」

谷津先生は、私たちにそれだけ言って顔を伏せてしまった。そんな彼女に礼を言って、私は一条君に手を引かれるまま、図書室を飛び出した。

話し込んでいたためか、外はすっかり暗くなっていた。人気のない廊下で、どこまでも私と一条君の足音が響いていく。床を蹴飛ばして、必死になりながら走る。そうしなければ恐怖に負けてしまいそうだった。一度でも足を止めてしまえば、もう体が動かなくなり、一生後悔してしまいそうだった。

そうして二人で下駄箱《げたばこ》まで辿り着くと、手早く靴を履いて、尋ねる。

「一条君、結衣ちゃん、どこ行ったのかな?」

彼は、いつも通りの淡々とした顔で考え込んだ。普段はどこか空想的で、何を考えているかわからない一条君だが、こういった非常時は誰よりも頼りになる。

「本当に誰かを殺しに行ったなら、それはきっと、今殺せる相手のはずだ。吾妻は馬鹿じゃない。相手が複数人だったり、もう遠くにいたとしたら、すぐに飛び出したりしないと思う。だから、この時間でもごく少数でいて、隙があって、襲える相手のはず……」

彼は自分の世界に入り込むようにして考えた。

ただ、そうして数秒待っていると、突然、扉の方から下駄箱に人影が飛び込んできた。

「きゃぁ！」

「うわぁ！」

その人影とぶつかってしまい、思わず悲鳴を上げて倒れる。だが、それは相手も同じだったようだ。

「す、すいません！」

思わず謝って、そちらを向くと、ぽっちゃりとした野球部がいた。どこかで見覚えがあり、同じ学年だとわかる。確か、他の野球部にジュンペイと呼ばれていた生徒だ。

彼は、血相を変え私に摑みかかってきた。

「た、た、たた、助けてくれ！」

急に乱暴にされ、喉元までせり上がってきた悲鳴が、そんな彼の言葉で詰まってしまった。よくよく顔を見ると、慌てふためき、顔色は青くなっていて、ひどく焦っているとわかる。

「落ち着いて。どうしたの？」

一条君が間に割って入ってくれて、彼を宥めた。すると彼は、浅く息をしながら言った。

「そ、草太が、草太が、殺される！　俺、部活が終わって、か、帰ろうとしたんだ！　でも草太の悲鳴が聞こえて、戻ったら、お、襲われてて、お、おお、俺、怖くて、それで、それで！」

早口で捲し立てている彼は、明らかに気が動転していた。そして、そんな彼の言葉に、私は底冷えするような嫌な予感を覚えた。それは一条君も同じだったようで、彼はジュンペイ君を急《せ》かさないように、努めてゆっくりと訊いた。

「それはどこ？　そして……草太を襲ってるのは、誰？」

ジュンペイ君はすぐに答えた。

「グラウンドの、野球部が練習で使ってるところで、あ、相手は……吾妻だ！」

その言葉で確信したようになり、一条君は私を振り返った。

「行こうすみれ、急がないと！」

「う、うん！」

咄嗟に返して、二人で走り始める。しかしその間も、心臓の辺りが不安と困惑でおおわれる。

結衣ちゃんが狙っている人物が、双葉君だとは思っていなかった。何せ、双葉君は春乃ちゃんの彼氏であり、春乃ちゃんのことを覚えていなかった。つまり、アプリを持っていないということである。あれは全部、そういうフリをしていただけの、演技だったのだろうか。

でも、どうして双葉君が春乃ちゃんを。

考えれば疑念が尽きない。だが、それでも今は、とにかく走らなければいけなかった。一分一秒を争う事態だ。早くしなければ。

数歩前を走る一条君が玄関前のロータリーを駆け抜け、坂を下り、野球部が練習場として使っているグラウンドへと踏み込む。一面に真っ黒な夜の暗闇が覆いかぶさる中、三塁側のフェンス辺りで何やら人影のようなものが動いた気がする。すると一条君はそちらの方へと駆けて、一足先に、フェンスの裏側へと回り込んだ。

しかし、彼はそこでぴたりと足を止めた。その目には、彼らしくない驚きが滲んでいた。

「これは……」

言葉を失ったような一条君の隣に並び、私もフェンスの裏を覗き込んだ。そこは緑色のネットに囲まれており、ピッチングやバッティングの練習に使えそうなところである。だが、足元の土の上にぶちまけられた肉片が胃を握りしめるような悪臭を放っていた。他にも、裂かれた野球のユニフォーム、教科書でしか見たことがない人間の臓物が飛び散っているのが見える。

そんな暗闇の中、ぎらりと光る鈍色《にびいろ》の刃物が、血や脂にまみれて、てらてらと輝いている。

「あら、結局来たのね、二人とも……でも、少し遅かったわ」

凶器を握る人殺しが、ばらばらになってもう誰のものかもわからなくなった死体を踏みつけ、立っていた。

「もうちょっと早ければ、コレをバラすところを見られたのに」

「おぇ」

訪れた吐き気をこらえるため、私は思わず口を押さえた。視界に飛び込んできた光景があまりにも強烈で、眩暈《めまい》のようなものがして、頭が真っ白になってしまう。油断すれば、今にも気を失ってしまいそうだ。

「気持ち悪いなら吐いた方が楽になるわよ。まあ、慣れる前に離れることをお勧めするけどね」

こちらを静かに見つめながら、結衣ちゃんは言葉を紡いだ。寒気がするほど冷たい目だ。そんな獣や蟲のような視線から私を護るように、一条君が踏み出す。

「どうして、こんなことを？」

問いただす彼の言葉は、緊迫して硬いものになっていた。結衣ちゃんのあまりにも変わり果てた、血みどろな姿に、気圧《けお》されているのだろう。

だが、それでも一条君は考えようとしていた。だから問いかけたのだ。結衣ちゃんがどうしてここまでしたのか。どうして、ここまでできたのか。

彼女の手に握りしめられた包丁が、どうして、あんなにも輝いて見えるのか。

妖《あや》しい光景だった。見ていられないほど残虐で、悍ましいのに、なぜか目が離せない。水を得た魚、というか、血を得た殺人鬼として清々しいほど凜とした結衣ちゃんの姿が、強烈に網膜に焼き付く。

「どうして、ね」

無機質な声だ。感情というものが一切失われた荒野のように平坦《へいたん》で、静かな言葉。

彼女は、握りしめた包丁を逆手に持ち、銃口みたいに真っ黒で殺意に満ちた視線を、足元の死体に向けた。

そうして、思い切り振り下ろした。ぶつん、と肉が引き裂かれる音がして、次に骨が砕けるみたいな鈍い音がする。目を凝らすとそれは死体の首の所だったようで、断ち切られた頭がごろりと転がる。

丸かったであろう輪郭がぐちゃぐちゃにへこみ、弾《はじ》けた頬や、砕けた頭を見る限り、何度も殴打《おうだ》されたようである。だが、それは確かに双葉君のもので、ようやく理解が追いつく。

間に合わなかった。結衣ちゃんは、人殺しになってしまった。

だが、そんな私の悲しみや絶望を、彼女は一言で吹き飛ばした。

「私が、人殺しだったからよ」

「え……？」

喉の奥の所から言葉が溢れる。彼女の悍ましさを前に瞬きすらできなくなって、両目が乾く。

結衣ちゃんは振り返らず、しゃがみ込んだまま続けた。

「小さい頃ね、うちに押し入ってきた強盗を殺したの。そいつは、お父さんとお母さんを殺したから、だから、殺したの。じゃないと、きっと私も殺されてたから。殺すしかなかったの」

ぶつぶつと口にする彼女の背中が、ぶるりと震えた。なんだかその姿が痛々しく見えて、けれども丸まったハリネズミみたいに、触れたらこちらがずたずたに引き裂かれそうな危うさを感じる。

「……吾妻、何を言ってるの？」

一条君が慎重に尋ねる。その時、彼は半歩踵《かかと》を引いた。結衣ちゃんからひしひしと伝わる悪い予感や、威圧じみたものが、暴風みたいにして押し寄せてくるのだ。思わず彼の手を握りしめて、息を吞み、二人でその場に踏みとどまる。

「そうよね、わからないわよね。どうせあんたたちにはわからないのよ。みんな、みんな……私がおかしいって言うの」

力が籠もった語気は唸る様になり、結衣ちゃんは双葉君の頭部を摑んだ。その右手は返り血に塗れて真っ赤だ。浮き出る血管がまるで鎖のようで、彼女を血だまりの中に縛り付けているみたいに見えた。

「やっぱり、これが私の普通だったのよ。春乃がくれたあの環境は、私には合わなかった。せっかくあの子が拭ってくれたこの両手を、また真っ赤に汚しちゃったんだもの。もう、戻れない。もう、私は……私はッ！」

そして彼女は、絶叫した。

「こんな奴のせいで、私はまた人殺しに逆戻りだ！　もう私の手を取ってくれる人間はどこにもいないのに、春乃はいないのに！　私たちが一体何をしたっていうの!?　ただ普通に生きてきただけなのに、欲深いクズどものせいで汚《けが》されて、傷付けられて、壊されて。それを見てあんたら普通の人間はおかしくなったって言うんだ！　ふざけるなクソ野郎ども！　じゃあ黙って汚されて、傷付けられて、壊されろって言うの!?　冗談じゃないわ！　あんたらみたいなクソ野郎どもには、私たちが壊れてるってとこしか見えてないんだ。なんで壊れたか、なんで傷付いたかなんて見えない陰の部分を存在してないように扱いやがる！　だから私も春乃も歯ぁ食いしばって生きてきたのに、そんな時間さえも平気で奪って、私たちの未来も、過去も全部ぶち壊すんだ！　普通を気取る偽善者どもが、全員地獄に落ちてしまえ！　人の痛みもわからないクズどもは、一生どん底を這《は》いずり回ってろ！　死ね！　死ね！　死ね！」

　何度も何度も腕を振り下ろす。そのたびに原形を失う双葉君の頭部は、真っ赤な血の池を更に大きくしていき、彼女はそんな血の池で溺れているようだった。

「吾妻……」

　一条君は、唖然としていた。きっと結衣ちゃんの言う通り、偽善者な私たちでは、あの地獄の中のことはわからない。見ているだけで吐きそうなのに、理解するなど不可能だ。それこそ私たちもあちら側に行って同じような痛みを味わわなければ、同情さえも湧き上がらない。

　だって私は、今、ただひたすらに、彼女のことを恐ろしいと思っているのだから。

まるで獣のようだった。完全に錯乱して、自分の爪が剥《は》げて、拳が砕けようと、何度も腕を振り下ろす様は、人には見えなかった。

私には、彼女が理解できなかった。

「春乃は言ったんだ！　根っこから悪い人だったり、おかしい人は、悩まないって。人と違うところがあっても、ちゃんと悩めるなら、普通だって。だから、おかしいのは私じゃない。こいつだ。このクソ野郎が悪いんだ！　だから殺してやった。私は……私は悪くないんだ！」

興奮しきった体でぶるりと身を震わせると、結衣ちゃんは息を切らせて身をかがめた。そして嗚咽《おえつ》が零《こぼ》れだす。端《はた》から見ていても、彼女の感情がぐちゃぐちゃになってしまっているのがわかる。

それでも私は動けなかった。言葉の一つでもかけてやるべきなのに、口が動かなかった。

ただその時、一条君が僅かに息を吸った。視線を向けると、彼は生唾を呑んで、結衣ちゃんのことを強く見つめていた。それは責めるでもなければ、憐《あわ》れむでもなく、縋るような、答えを求めるような顔だ。

「じゃあ……今の吾妻は、普通なの？」

そして、一条君は続けた。

「吾妻は草太を殺して、悪くないって言ったけど、それは普通なの？　吾妻が言った、春乃の言葉通りなら……今の吾妻も、悪い奴なんじゃないの？　教えてよ。僕は、僕だって、普通なんかじゃないよ。ねえ……答えてよ、吾妻！」

それは彼らしくない、感情的な言葉だった。だが私は知っている。普段は感情の起伏に乏しく見える彼にも、ちゃんと感情があることを。おかしいとか、変わってるとか、不思議くんなどと言われる彼が、普通というものに対してどれだけ焦がれているかを。

するると結衣ちゃんは再び震え、弾けるように立ち上がり、振り返った。そして一条君に詰め寄ると、血だらけのその手で、彼の胸倉を摑んだ。

「お前に何がわかる！　どうせのうのうと生きてきたんだろ、苦しまずに生きてきたんだろ！」

その形相は凄惨《せいさん》なものだった。顔の半分以上が返り血で汚れて、目だけが、泣き腫らしているせいでぎらぎらと燃えるように輝き、意思迫力の猛々しい美貌が崩れ去って、魂から訴えかけるようだ。

息を吞む一条君とひたいをぶつけ合わせ、彼女は叫んだ。

「お前らが言う普通は、普通じゃないんだ！　数が多いってだけででかい顔しやがって、少ない奴らをつま弾きにするただの暴力だ！　普通なんて幻想があると思いあがって、目の前のものを見ようともしないで、否定や拒絶ばっかりして、私たちを悪者扱いするんだ！」

そして結衣ちゃんは、力任せに一条君を突き飛ばした。そのまま倒れ込んだ一条君を睨み下ろし、言った。

「私は……絶対春乃を助けてみせる。お前たちに何を言われようと、何をしてでも、どんな手を使ってでも、絶対にこんな地獄から抜け出してやる」

言い終え、結衣ちゃんは踵を返すと、すぐそこのベンチに置かれていた双葉君の鞄を漁《あさ》り、彼の携帯を摑み上げる。すると、自然と秘密のアプリの画面が表示された。

中央に大きな砂時計。双葉君のそれは四分の一も溜まっていない。そして結衣ちゃんが何の操作をしなくとも、その画面にはとあるポップアップが表示された。

離れているため、なんと書かれているかまではわからない。けれども、アプリを操作していて見たことのない表示である。あれは。

「まっ……！」

待って。駄目だ。その言葉を言おうとした。それをしてしまえば、戻れないと思った。でも、結衣ちゃんはもう双葉君を殺していて、ずっと前から人殺しで、全てが今更だった。だからきっと、口が動かなかった。

次の瞬間、結衣ちゃんがそのポップアップをタップすると、途端に辺りの血や臓物が消え失せ、吐き気を催す匂いも霧散する。双葉君の鞄も、地面の上に転がっていたバットも、結衣ちゃんの手の中にあった彼の携帯も、全てが綺麗さっぱり、消えてしまった。

彼女は今、双葉君の時間を奪ったのだ。

「待っててね、春乃。すぐに助けてあげるから」

そう呟き、彼女は清潔に戻った身なりで振り返った。だが、結衣ちゃんの体にはまだ返り血がべっとりと染みついているみたいに見えてしまう。

私は、彼女が人殺しであると、覚えている。

「結衣ちゃん……」

呼んでも、彼女はあの残虐で悍ましい瞳でこちらを見るだけ。

「邪魔したら、あんたたちの時間も奪うから」

据わった瞳で私を睨んで、彼女は言った。その言葉で動けなくなっている私に侮蔑《ぶべつ》の余韻を押し付け、目を離すと、結衣ちゃんは歩き去った。

私は結局何もできなかった。ただただ唖然とするばかりで、結衣ちゃんのことを受け入れることも、理解することもできなかった。

それを責めるような沈黙が、ひしとのしかかってきて、苦しかった。

そんな時、そっと、隣から声がした。

「大丈夫、すみれ？」

立ち上がった一条君が私を心配してくれる。

でも私に答えるだけの気力はなく、膝から力が抜けて、その場に座り込んでしまった。

「ごめん」

短く返し、私はその場にたまらず嘔吐した。消えたとはいえ、双葉君の死体の匂いや、音、光景が目の裏や耳の穴、鼻の奥にこびり付いて離れない。結衣ちゃんは、こんな痛みに何年も耐えていたのだろうか？

「ごめん、ごめん」

胃の中のもの全てを吐き出し、最悪の気分ながらに私は呟き続ける。その言葉は一条君に向けたものではなく、少なくとも私は親友だと思っていた結衣ちゃんに対してのものだった。

「気付けなくて、ごめん。わかってあげられなくて、ごめん」

「すみれ……」

私の傍《そば》に立ち、一条君は顔を歪めた。そこには陰りがあり、視線だけで結衣ちゃんを追う。その背中はもうずっと遠くにあって、底の無い暗闇の中に引き摺り込まれるみたいに、消えていく。

もう、私たちには彼女が見えない。

彼女の支えにはなれない。


しばらくして私たちは帰路についた。一条君は家まで送ってくれたけれど、会話は一つもなかった。それだけ、私も彼も衝撃を受けていた。

だが、皮肉なことに時間は進む。誰かの時間が無くなったとしても、それは流れる川から一《ひと》掬《すく》い水面を抉《えぐ》っただけで、変わらず川は、時は、流れていく。

私たちは所詮、そんな川の上に浮かぶ草船だ。ただ流されることしかできない、無くなっても困らないものだ。

そうして鬱屈とした、永遠にも思える夜を越え、翌日、いつも通りの朝を迎え、登校し、普通な日常を迎える。

しかしその朝、私たちの教室の学級名簿から、〝吾妻結衣〟の四文字は消え去っていた。

断章

僕はこれまで、何を考えているのかわからないとか、気持ち悪いとか言われて、殴られ、蹴られてきた。物心ついた時から、父親が刑務所の中に入っていて、母親は生活のストレスで僕に暴行を加え、近所の家の人たちも、犯罪者の家族だと蔑むような目で見てきた。

しかし、それが普通だったのだ。痛いのが当たり前で、そんな環境を生き抜くために自然と深く考えるようになって、代わりに感情が心の奥底に沈殿していった。いついかなる時も、平気みたいに振る舞っていたら、いつの間にか、本当に全部が平気になっていた。いや、もしかしたら本当に、最初から全部が平気だったのかもしれない。

独りで生きるのが当たり前だったのだ。

寂しいなんて、苦しいなんて言えば母親が癇癪《かんしゃく》を起こすから、黙っていることしかできなかった。

助けなんて、求めようとも思わなかった。

それが生きるということで、普通のことだと、思っていた。

でも、どうやら僕が生きてきた環境は、普通なものではなかったようだ。

ある時から母親が家に知らない男を連れ込むようになって、変な薬と注射針を使うようになってから、しばらくして母親も捕まった。

だから僕は遠い親戚の夫婦に引き取られることになった。それが小学校に入る少し前のことだった。そうして、色々な普通を教えられた。

一日三食食べること。家にテレビがあること。家の壁に落書きをされたり、突然窓ガラスを割られたりしないこと。誰にも殴られないこと。毎日、両親が家に帰ってくること。

教えられて、ようやく、自分はこれまで普通の生活をしていなかったのだと思った。

だがその時、考えてしまったのだ。

もし、本当にこの二人の家庭に生まれていたなら、僕の人生はどんなものになっていたのだろう。

僕も、普通になれていたのだろうか。

それとも、やっぱり僕は普通にはなれなかったのだろうか。

その疑問が、ずっと胸の奥の方にわだかまっていた。それは中学生になっても、高校生になっても、ずっと僕を蝕《むしば》んでいた。

おかしいのは、環境だったのか。

それとも、やっぱり僕自身もおかしかったのか。

わからない。わかりたい。

そんな時、秘密のアプリが現れて、春乃が消えて、吾妻が草太を殺した。

それはあまりにも衝撃的だった。吾妻があそこまで精神を崩壊させて、別人のように壊れてしまったところを見て唖然とした。しかし彼女にとっては、そちらの壊れた方が主であり、普段の姿こそが、取り繕った偽りであると理解した時には、全てが手遅れだった。

吾妻は、もういなくなっていた。

誰かが、吾妻を殺したのである。

そうして、吾妻の言葉を思い出す。

『あんたらみたいなクソ野郎どもには、私たちが壊れてるってとこしか見えてないんだ。なんで壊れたか、なんで傷付いたかなんて見えない陰の部分を存在してないように扱いやがる！』

『春乃は言ったんだ！　根っこから悪い人だったり、おかしい人は、悩まないって。人と違うところがあっても、ちゃんと悩めるなら、普通だって。だから、おかしいのは私じゃない。こいつだ。このクソ野郎が悪いんだ！　だから殺してやった。私は……私は悪くないんだ！』

『私は……絶対春乃を助けてみせる。お前たちに何を言われようと、何をしてでも、どんな手を使ってでも、絶対にこんな地獄から抜け出してやる』

すみれはあの時、「わかってあげられなくてごめん」と言った。

お人好しで、臆病なところがある彼女らしい、素直な気持ちの吐露だった。すみれには、きっと吾妻のことが理解できなかったのだ。

でも、僕には吾妻のことが理解できてしまった。

共感できてしまった。彼女のことを正しいとまでは思わずとも、間違っているとも思えなかった。草太がどういう理由で春乃を殺したかはわからなかったが、どんな理由があろうとも、春乃を殺したならば、吾妻が言うとおり、草太がおかしい奴だと思ってしまった。

だから、あれほど春乃を大事に思っていた吾妻が草太を殺すのは、当然のことのように思えた。

それはもちろん、復讐《ふくしゅう》だったのだろう。だがそれだけではなかったはずだ。吾妻は、草太の時間を奪い、僕たちに対しても「邪魔すれば時間を奪う」と言ったのだから。

吾妻は、時間を溜めて、春乃を助けようとしていたのだから。

彼女はどれだけ壊れたように見えても、やはり自分にとって最も大切な人を助けるために、全てを捧《ささ》げようとしていた。

だからやっぱり、僕には、吾妻がおかしい奴には思えなかった。

そう思ってしまう僕は、やっぱり、おかしい奴なのだろうか。

六章

雪月すみれ

二時間続けての美術の時間は、校内全てを使った自由模写だった。

クラスの各々《おのおの》が校舎やグラウンドなどの好きな所に散らばり、好きなものを模写するのである。やんちゃな生徒たちは我先にと、檻《おり》から放たれた獣のようにどこか遠くまで行ってしまい、その後に他の生徒たちが教室を出る。

手にはスケッチブックと、鉛筆。そしてみんなのポケットには……携帯。

美術の先生はとてもユニークな先生で、自由を尊重して、絵を描くこと、創作することを楽しめと私たちを送り出した。けれども、きっと半数以上の生徒が絵描きもそこそこに、適当に携帯を弄ったり、友達と遊んだりするのだろう。それは、当然のことのように思えた
前を歩くみんなは私語を楽しんでいて、走っていったやんちゃな生徒たちは、廊下の先の方で、普通に授業をしている他の教室の先生から怒られていた。

みんな普通だ。いつも通りだ。

でも、私たちのクラスのどこにも結衣ちゃんはいない。

そして、みんなが携帯を持っている。

もしかしたら、結衣ちゃんを殺した誰かが、この中にいるかもしれない。

次は、私が殺されるかもしれない。

「すみれ」

集団の最後尾を、俯きながら歩いていると、隣から声がした。驚き、顔を上げると、そこには一条君がいた。

彼も、一見いつもと変わらないように見えた。寝ぐせみたいな癖っ毛に、淡々とした静かな言動。感情表現が拙《つたな》い表情は常に聡明そうで、他の人が見えていないものを見抜いてしまうような緻密な黒い瞳が、私を見下ろしている。

「大丈夫？」

そんな彼の視線が、僅かに心配するようになる。声をかけてくれたのは彼だけではない。今日だけで、クラスメイトのみんなから、体調不良を疑われた。

その中には、当然のように見知らぬ生徒、結衣ちゃんの代わりの人間もいた。

声をかけられた時、正直に言って、吐きそうだった。

「……わからない、ごめん」

俯いて答えると、一条君は押し黙った。ただ、それでもずっと私の隣を歩いてくれた。廊下を歩いているうちにどんどんと生徒たちが散らばっていき、そのうち二人きりになっても、やっぱり彼は私の隣にいてくれた。

そして、私たちは屋上へと辿り着いた。錆《さ》びついた扉を押し開けると、鈍い音がして、眩しい陽光が降り注いでくる。空に広がる夏の蒼《あお》と白が強烈に輝いて、目に染みる。

すぐに厚い雲が風に押し流されてきて、日差しを陰らせる。すると辺りには薄い色の影が、涼しい風と共に降りてくる。その風の中には、草の匂いが混じっていて、噎《む》せ返りそうだった。

「……すみれは、吾妻のこと、わからなかったんだよね」

屋上の端の方に備え付けられたベンチの方まで歩いていくと、一条君が静かに切り出した。周りには誰もいない。振り返るとすぐそこにはフェンスがあって、グラウンドを見下ろすことができる。目を凝らすと、木陰の辺りに数名のクラスメイトの姿が見える。

「……うん」

頷くと、一条君は深く息をした。横顔を窺っても、やっぱり彼が何を考えているかはわからない。けれども、何かを迷っているというか、悩んでいるような、そんな様子である。

再び訪れた沈黙に耐え切れず、今度は私から切り出した。

「結衣ちゃんは、やっぱり、殺されちゃったんだよね」

「そうだね」

胸が苦しくなる。喪失感《そうしつかん》が胸を穿って、ぽっかりと穴が開いてしまったみたいだ。そこから、痛みの象徴である血か、悲しみの象徴である涙がとめどなく溢れてくるみたいで、私は恐怖に溺れてしまいそうだった。

「……誰に、殺されたんだろう」

空気を喘《あえ》ぐ様に続けた。

「どうやって……殺されたんだろう？」

人が人を殺す。もちろん、今この瞬間だって、世界のどこかで誰かが誰かに殺されているのだとは、理解していた。テレビをつければよくそんなニュースを目にする。

だが、実際誰かが死んでしまうところも、誰かが誰かを殺してしまうところも、見たことがなかった。そのどちらも直接目にすると、とても衝撃的で、魂が芯から冷えつくような悍ましさがあり、暴力的な感情が嵐のように襲い掛かってきて、心の中の一切が吹き荒らされてしまったようだ。

それが昨晩、もしくは今朝、再びどこかであったという事実に、心が疲弊《ひへい》しきってしまう。

あんな凄惨な出来事が私の友達を襲ったのだと考えると、体が凍り付いてしまう。

それに結衣ちゃんを消したということは、時間を奪ったというわけで、ならばさらに時間を奪うために私と一条君も狙われている可能性がある。

こんなに疲れて、傷付いているのに、休む暇などないのだ。

もう、恐ろしくて、息をするだけで苦しくなる。

逃げられない。

「わからない」

一条君は静かに答えた。淡々としていて、顔を上げていて、前を見ていた。

「でも、次は僕たちが狙われるかもしれないから、まずは対策を練らないと」

頼もしくて、でもそれ以上に、遠く見える。いつもぶれなくて、はっきりとしていて、私とは大違い。

「……強いね、一条君は」

私は、俯いてしまった。膝の上で組んだ指先が絡《から》まっている。私の頭の中みたいだ。がんじがらめになって、動けない。動きたくない。どう動けばいいかが、わからない。

ただそう言うと、一条君は少し考え込んで答えた。

「強い、か。じゃあ、強さって何だろう」

そして彼は、絡み合った私の指の上に、そっと手のひらを重ねた。

「友達を助けられなくて、理解してあげられなくて、こんなに傷付いてるすみれもきっと強いよ。それは……僕にはないものだ」

触れ合う手の皮膚が温かい。包んでくれるみたいで安心する。彼にもやっぱり心臓があって、血が流れていて、生きているんだと実感する。

同じ人間なのだ。

そしてそれはきっと、結衣ちゃんも、結衣ちゃんを殺した人も。

同じ人間なのに、こんなに違うのだ。

「一条君はさ、昨日の夜の結衣ちゃんのこと、どう思ったの？」

ふと口からついて出た疑問。私には理解ができなかったことも、彼なら理解できているのかもしれない。

だって彼も、厳しい人生を送ってきているのだ。中学時代にその生い立ちを聞いた時、あまりにも壮絶な話についていけなかった。

一条君は深く息をして答えた。

「僕は……おかしいとは思わなかった。吾妻が言ってたことは、理解できた気がしたんだ。だって吾妻は、やっぱり春乃のことを思っていたから。そこは、ぶれてなかったから」

「……そっか」

その瞬間、彼がやはりとても遠い所にいるみたいに思えた。手は触れあっているのに、永遠に越えられない壁のようなものが間にある気がして、見えているものが全然違うように感じる。

でもその時、彼は私の手を、強く握りしめた。

目を下ろすと、その手は少しだけ、震えていた。

「やっぱり、おかしいかな」

不安そうな言葉だった。迷っていて、悩んでいて、自問するような声だ。

それが胸に染みてきた。そしてより強く伝わる彼の手の熱が、やはり彼も人間であると伝えてくれる。

そんな彼を前にすると、ぽっかりと胸に開いていた喪失感の穴の中で、心臓がどくりと脈打つのを感じた。熱が湧いてきて、彼のためになりたいと情が溢れる。

覚えのある感覚だ。昨日、谷津先生が秘密のアプリについて教えてくれて、やっぱり結衣ちゃんを止めに行かなければと思った時のものと似ている。

勇気という、ちっぽけな衝動。

私は考える間もなく絡んでいた手指を解《ほど》き、手の平を返した。そして、一条君の手を握り返した。

「おかしくないよ……ううん、おかしくたって、別にいいよ」

顔を上げると、彼の目を見つめた。そこには僅かながらも感情の揺らぎが見える。それは蠟《ろう》燭《そく》の火が暗闇の中で躍っているみたいで、本当に小さなものだ。

でも、だからこそ、真っ暗闇の中で光を放つその火を見逃してはならないと思った。もし彼が悲しんで、涙を流して、その火を消してしまうことがあったとすれば、いてもたってもいられない。

それに何より、いつ殺されるかもわからないならと、心に現れた勇気が囁く。

今しかないから、今、言うしかないんだ。

「そんな一条君が、私は好きだから」

中学の頃からもう何年も喉元に詰まっていた言葉が、思っていたよりも滑らかに発音できた。口にしてみれば、舌触りも嚙み心地もよい言葉だ。心臓が大きく震えて、血が速く流れて、体が熱くなるが、悔いはなかった。

「だからさ、大丈夫だよ。一条君は普通だよ」

彼は面食らったみたいに啞然として、何度か瞬きをした。実感が湧かないように眉を下ろして、私を見ていた。

私と彼は同じじゃない。全く違う経験をして生きてきて、ずっと遠い所にいる。

でもこうやって手を繫いで、見つめ合える。

それだけが、私に生きたいという勇気をくれた。恐ろしくて、怖いけれど、それに負けない衝動をくれる。

そしてその時、彼の目の奥にあった小さな感情の火が、力強く強固なものになった気がした。

「……ありがとう、すみれ」

これまで聞いたことがないくらい柔らかい声だった。一条君の口元の輪郭が安心したみたいに緩む。

「大丈夫、うん、大丈夫だ」

確かめるように繰り返すと、彼は告げた。

「君のことは、僕が、必ず守るよ」

力強い声だ。それが励ますように胸を叩いてくれて、温かくなる。

「一条君と出会えて本当に良かった。私も、一条君のためにがんばるから」

伝え合うだけで心が満たされていく。それが嬉しくて力強い。

「うん。じゃあ……とりあえず絵を描こう。対策については、少し、考えておくよ」

手を離し、筆を取る一条君。どこか含みのある口調だったが、問いかける程のものには思えなかった。

そうして私たちは互いにスケッチブックを開き、それぞれの模写を始めた。

さらさらと清らかに擦れる筆の音が絡み合う。静かだったが、先ほどとは違い、それが心地よかった。筆が形作っていく紙の中の世界に意識を傾けることが、何よりもの現実逃避だった。

だから描いているうちに、いつの間にか、一条君との出会いを思い出していた。

同時に、一人の親友の顔が瞼の裏まで浮かんでくる。

「亜美《あみ》ちゃん、今何してるかな」

すると一条君は顔を上げた。

「七浜さん？　どうしたの、急に」

自然と微笑みが口元に浮かんできた。

「一条君と初めて話したのも、美術の時間だったなって思って。そしたら、亜美ちゃんのことも思い出して」

「そっか……そうだね」

相槌をうった彼は、遠い目をした。グラウンドから持ち上げた視線が空の方に向く。

その視線を追って、私は呟いた。

「懐《なつ》かしいね」

◇

中学時代、私はなんのために生きてるのかなんて、考えたことがなかった。

勉強は真面目にしていたから、そこそこできた。でもそれは勉強が好きだったからとかそういうわけではなくて、先生や両親がやりなさいと言うからやっていただけだった。だから厳密には、真面目というよりも、従順と言った方が近いかもしれない。私は臆病だったため、大人の言うとおりに生きていたのだ。

他にも、例えば部活は、運動が苦手だったからやっていなかった。かといって家にいても何をするわけでもなく、家事の手伝いや飼っている犬の散歩を日課としていて、夜はいつも十時には寝ていたし、休みの日は友達と遊んだり、家族で旅行に行ったりもして、日々を過ごしていた。

私は、普通の人間なのだ。

だから、心のどこかでいつも退屈を感じていた。

漫画や小説の中では私と同い年くらいの子供たちがきらきらした青春を送っていたり、時には世界を救ったりするために戦っていたのに、私はそれを眺めるばかりだった。だからたまに自分にも突拍子もない何かが降りかかってきて、特別になるんじゃないか、なんて淡い期待を抱いたりもしたが、結局何もなかった。

私はずっと傍観者だったのだ。もちろんそれは漫画や小説の読み手としてというだけではなくて、現実世界でも、常に誰かを眺めているような人間だった。

例えば彼女、七浜亜美ちゃん。私の幼馴染みで、中学三年生ながらに大人の男の人と同じくらい背が高くて、県外のバレーの強豪校からいくつもスカウトの話が来ているスーパースターだ。彼女はただバレーが上手いだけではなく、ちょっと乱暴だけどそこが格好良くて、性格もさっぱりしていて、みんなの人気者だった。

でもそれだけ引く手数多《あまた》だったのに、私の顔を見かけると気さくに手を上げて挨拶をしてくれて、たまにある部活が休みの日には、私なんかとも遊んでくれるような友達思いの人なのである。

だからこそ余計、亜美ちゃんがきらきらして見えた。

「どした、すみれ？」

夏休みを目前にした、一学期末の昼休みのこと。よく日に焼けた亜美ちゃんをぼうっと眺めていると、こちらに気付いた彼女が、教室の後ろの方の席に座っていた私のところまで歩み寄ってきた。

豹《ひょう》のようにしなやかなふくらはぎが健康的にすらりとしている。短く切り揃えた髪は狼《おおかみ》のように勇ましくて、喋るたびに覗く犬歯が力強い。そんな風に少し野性的な荒々しさを持ちつつも、ドーベルマンみたいに細身で格好良く、凜とした顔はよく整っていた。

「何か私に用か？」

「え？　あ、ああ、ううん、なんでもないよ。ただぼーっとしてたの」

そう答えて、私は空笑いをした。実際彼女のことを眺めてはいたが、別に他意があったわけでもなく、教室の中で最も大きなグループの中心で会話をしていたのを何ともなしに見つめていただけなのである。

むしろそうでなければ、彼女のことを眺めはしない。

だって彼女は漫画や小説の中に出てきそうなくらい華やかで、そんな彼女のことが、正直、少しだけ苦手だったから。

もちろん嫌いというほどではない。亜美ちゃんは私なんかと仲良くしようとしてくれるし、何も悪いことなんてしておらず、ずっときらきらしていて、みんなに好かれているのである。むしろ、悪いことをしたのは私の方だ。だから私は、亜美ちゃんのことが少しだけ苦手だった。

それはまだ小学校に入ってすぐのことだった。亜美ちゃんがバレーをしたいと言い出して、私を誘ってくれたのだ。でも私は運動音痴《おんち》だったから、気が進まず、それでも人の誘いを断ることなんてできなかったため、流されるようにバレーを始めた。

そして案の定全然動けなくて、なんとか一年は周りに言われるまま頑張っていたけれど、ある時練習で転んで骨を折ってしまい、それを境に辞めてしまった。

その時、亜美ちゃんは凄く申し訳なさそうに私に謝ったのだ。「無理させてごめん」とか、「楽しくなかったよな」とか、男の子よりもはきはきしていた亜美ちゃんが泣きそうになりながら言った。実際私たちが入ったクラブのコーチは厳しい人で、私はよく怒られて泣いており、亜美ちゃんはそれを気にしていたのだ。

以来亜美ちゃんは、何かと私に気を遣ってくれるようになった。もっと言えば、私を守ってくれるようになった。一緒に道を歩く時は必ず車道側を歩いてくれて、重いものは持ってくれたし、学校で班決めや遊ぶ人を集めていたりしたら、真っ先に私を誘ってくれた。

彼女にとって、私は幼馴染みで、友達で、弱い人で、守るべきものだったのだ。

そんな扱いが、本当に少しだけ、苦手だった。

なんだか私が弱いせいで、彼女の足を引っ張っているような気がしてしまうのだ。

「ホントか？　怪しいな……」

ただ、亜美ちゃんは私が彼女のことをどう思っているかなど気付いていない様子で、私の机の上に尻を載せ、長い脚を組んだ。

そして先ほどまでの私の視線を追い、彼女が話していた大きなグループを見やる。だがそこで彼女の視線は止まらず、更にその向こう、教室の窓際の席の前の方で静かに本を読む、一人の男子生徒へと彼女は注目した。

「また一条か？　お前も物好きだよなぁ」

「なっ!?」

唐突にそう言われて顔が熱くなる。確かにそれまでの私の視線の先には彼がいた。どこか他の生徒たちとは違う空気を纏った不思議な男の子だ。みんなが変人だと言うが、私はそんな彼の雰囲気に惹《ひ》かれていた。何せ、一条君も特別な感じがしたのだ。それも、亜美ちゃんみたいにきらきらとした特別さとは全く逆で、仄暗《ほのぐら》く、こちらを引き摺り込んでしまいそうな妖しさじみたものを持っているように思えた。そのどこか陰がある無機質さが、平凡で退屈な白いキャンバスみたいな日常の中に一点打たれた黒点みたいになって、つい目を引くのである。

だが、今回ばかりは、私は本当に彼のことを眺めてはいなかったため、咄嗟に抗議をした。

「ち、違うよ！　全然そんなんじゃないから！」

「あっはっは！　ムキになんなって、悪い悪い」

彼女は、からりと晴れた夏空のように爽やかに笑う。曇りなんて一切なくて、私のことを心から信頼しているみたいな顔だ。

そして彼女は、私の頭に手を置いた。

「頑張れよ、応援してるぜ」

誰に対してもスキンシップが多くて、距離感が近い亜美ちゃんは、そのまま私を撫でた。身長差は二十センチ以上あり、そもそも机の上に座っている彼女と、椅子に座っている私。完全に見下ろされていて、子供扱いされている。

するとなんだかむかむかとしたものが喉元までせり上がってきて、私は口を尖らせた。

「……こんなことしてるから、女の子にも告白されちゃうんだよ」

「そ、それは……」

今度は亜美ちゃんが空笑いをした。彼女はその見た目の華やかさで男子にもモテるが、その倍くらい女子にモテるのである。これまでも、バレンタインの日には紙袋で抱えるほどチョコを貰《もら》っていたりした。上級生や下級生など関係なく、亜美ちゃんは確実に、学校にいるどんな男子とも比べ物にならないほど、女の子に人気だった。

亜美ちゃんの手が頭から離れると、私はすぐに立ち上がり、筆箱を手に取った。次の授業は美術なので、そろそろ美術室に行かなければならない。

「お、おい、待てってすみれ、拗《す》ねんなよ、悪かったから」

亜美ちゃんはすぐに自分の授業道具を用意し、私についてきた。廊下に出て、校舎間を渡り、特別棟の方まで歩いていく。

「別に拗ねてないもん」

「いや、拗ねてはいるだろ」

「だから拗ねてないもん！」

ぷりぷりと彼女に言い返し、私は鼻を鳴らして、歩く足を速くした。だが言葉とは裏腹に、やっぱり私はむかむかとしていた。それは一条君に関することを指摘された恥ずかしさと、亜美ちゃんに子供扱いされたもどかしさから成るものだ。そこに彼女に対する苦手意識が混ぜ合わさり、保護者面《ほごしゃづら》をする彼女に対して反抗心じみたものを感じていた。

だからか、結局美術室に着いても話すことは無かった。亜美ちゃんはなんだかんだと謝ろうとしてきたが、私が頑《かたく》なに聞く耳を持たなかったのである。

だが、それが間違いだった。

今回から、美術の授業の内容は二人組を組んでそれぞれの人物画を描くというものに変わった。普段からこういう時は亜美ちゃんと組んでいた私は、相手を見つけられなかったのである。

他の仲が良い子に話しかけても「亜美ちゃんと組むかと思って」ばかり。亜美ちゃん自身は、相手に困ることなく、申し訳なさそうにしながらも、別の人とペアを組んでしまっていた。

完全に自業自得《じごうじとく》である。私は自分の浅はかさをすぐに呪った。このままでは、これから数時間の間、殆ど話したことがない人と組むことになるかもしれない。

そう思って更に悶々としていると、ふと、背後から声が聞こえた。

「雪月さんも余り？」

振り返ると、そこには、一条君がいた。

「……へ？」

私は彼のことが気になっていたが、話したことは無かったのである。一年、二年と別のクラスで、三年になってからも、一学期の間に接点はなかった。

「……雪月さん？」

硬直してしまった私に対して、一条君は訝しむように告げる。しんとした黒い瞳は夜の池の水面みたいで、一見大きく見えなくとも、底が見えない暗さのようなものを予感させる。だが、同時にそこには、水面に揺れる銀月のように聡明そうな輝きが浮かび、摑みどころのない、おぼろげな印象を抱く。

彼はやっぱり、どこか根本から人と違うような気がした。

そんな彼は変人と噂されており、クラスでも孤立気味だったため、誰ともペアを組めなかったのだろう。周りを見てみると、もう私たち以外はみんなペアを組んでしまっていて、それぞれ制作に取り掛かっていた。

それを見て、私は一条君に頷いて返した。

「あ、ああ、うん、私も余り……だよ」

「そっか。じゃあよろしく」

私と彼は向かい合って座り、互いに筆を取った。だがその間も、私の胸は騒いでばかりで、先ほどまでの亜美ちゃんへの反抗期などとうに吹き飛んでしまっていた。

――ど、どうしよう……何か、話した方が良いのかな。

頭を抱えていると、一条君がこちらを見つめてきた。人物画を描くため当然ではあるのだが、私は恥ずかしくなってしまって、咄嗟に俯いてしまった。

「……雪月さん、顔、上げてくれないと描けないよ」

「ご、ごめん」

謝っても、しかし恥ずかしいものは恥ずかしい。耳まで火照《ほて》ってしまう感覚をどうにかして鎮めようと胃の底に力を入れたり、息を止めたりしてみるが、余計暑くなるばかりだ。

一条君が眉を顰めた。

「大丈夫？　体調、悪そうだけど」

私がはっきりと顔を上げず、俯いてばかりいると、彼は心配するように言ってきた。しんとした眼差しが分析するみたいに注がれる。それが限界だった。

「ちょ、ちょっと顔洗ってくるね！」

反射的に立ち上がり、私は賑やかな美術室を飛び出して、手洗い場へと向かった。なんだか妙に息苦しくて、自分が自分じゃなくなったみたいだ。体の中にエンジンができたみたいで、勝手に足が動いてしまう。

そして吐水口から流れる冷や水を頬に当て、深く、息を吐いた。

「はぁ……ちゃんとしないと」

開け放たれた廊下の窓から夏風が迷い込んできて、濡れた顔に吹き付けてきた。涼しくてさっぱりする。まだ胸の内の方はざわざわしているが、これならば大丈夫と決意を固め、顔を拭うと、私は「よし！」と意気込んで振り返った。

「雪月さん？」

だが、すぐ後ろには一条君が立っていた。

「うわぁあぁ！」

驚きのあまり、思わず情けない悲鳴を上げて後退る。するとすぐ後ろの手洗い場に腰をぶつけ、余った勢いで流しの所に倒れ込んでしまい、あろうことか背中で蛇口を捻《ひね》ってしまったみたいで、噴き出した水が制服をびしょびしょにしてしまった。

悲惨に次ぐ悲惨である。私の恥ずかしさはすぐに最高潮に達して、言葉が発せなくなり、息すらも上手く吸えなくなる。

そんな私を見て、一条君は、けれどもいつも通りの淡々とした様子で言った。

「……大丈夫？」

彼は私の手を引くと、流しの中から引っ張り起こし、ハンカチを渡してくれた。

「あ、ありがとう」

もうどうすればいいのかがわからなかった。気になっている相手の前でこれほどまでの失態を犯すなど恥もいいところである。穴があれば入りたかった。

渡されたハンカチで体を拭きつつ、頭を抱えていると、一条君がぽつりと呟いた。

「……ごめんね。やっぱり、僕とペアは嫌だったよね」

そんな彼の言葉からは、どこか傷付いているような、思い悩んでいるような印象を受けた。淡々としているのに、悲しんでいるような不思議な感じだ。

その時私はようやく我に返った。これまで自分のことばかり考えていたことに気が付いたのだ。

彼は多くの生徒から変人だとか、不思議君と言われている。実際私もそう思っていた節があった。何せ一条君は基本的に何を言われても淡々としているというか、平気な顔をしていたのだ。

でも、こうして面と向かって話してみると、本当に些細ではあれど、辛そうに見えた。

何よりも私の胸には罪悪感があったのだ。確かに言われてみれば、一条君の顔を見すらしないで、すぐに逃げ出して、顔を見たら驚いて倒れてしまうなど、失礼以外のなにものでもない。

「ち、ちが、私は……！」

焦って訂正した時、同時に、美術室から亜美ちゃんが出てきた。

「おい、すみれ、なんかすげぇ叫んでたけど……っておい、どうしたんだよ？」

びしょびしょになった私の姿を見て驚いた彼女は、すぐに駆け寄ってきてくれた。だがそのせいで私の言葉は遮られ、彼には届かなかった。

「一条、ちょっとすみれ着替えさせてくるから、悪いけど先生に言っといてくんね？」

「うん」

彼はすぐに踵を返し、美術室へと戻ってしまった。その背中がなんだか小さく、やっぱり傷付いているように見えてしまい、心が痛んだ。

――やっちゃった……。

「おいすみれ、なにぼーっとしてんだよ。部室に置いてるバレーの服貸してやるから、来いって」

へこむ私を訝しみつつも、亜美ちゃんは手を引いてくれた。そのままバレー部の部室へと行き、彼女の練習着を借りると、濡れた制服まで干してくれる。何から何まで世話をしてくれるみたいで、そんな彼女に対して申し訳なさが溢れてきた。

やっぱり私は駄目な奴だ。ネガティブになってしまい、部室のベンチに座って俯いていると、亜美ちゃんが尋ねてきた。

「お前、こんな男子っぽいハンカチ持ってたか？」

確認するために振り返った亜美ちゃんは、私の姿を見て声色を変えた。

「おいおい、どうしたんだよすみれ。なんかあったのか？」

心の底から心配するみたいな、柔らかい言葉だった。普段の男勝りで格好いい彼女とのギャップに、心が緩んでしまう。

やっぱり亜美ちゃんのことは苦手だが、それでも彼女は私の幼馴染みで、大切な親友だった。

「……実はさ、一条君に勘違い、されちゃって」

「勘違い？」

「私、一条君とペア組むってなって、びっくりして……は、恥ずかしくて。でもそれが、一条君のこと嫌がってるみたいに見えちゃったみたいで……それで一条君が、悲しそうにして」

ぽつぽつと言うと、自分の声の小ささに余計情けなくなった。

直後、黙って話を聞いていた亜美ちゃんが、そんな私の後悔を吹き飛ばすような荒いため息を吐いた。

「なら謝ればいいじゃねえか。そんな気にすんなって」

「で、でも……」

言い淀む私に対して、彼女はずばりと言ってのけた。

「でももだってもねえだろ。悪いのはお前なんだから、お前がちゃんと謝るべきだ。相手が傷付いてるならなおさらな」

　そして彼女は、自然と私の頭の上に手を乗せた。大きな手の平が温かくて、そっと撫でてくれる。

「私もついてってやるから、しゃんとしろって」

　ただ励ますのではなく、背を押してくれるようで頼もしい。するとやっぱり自分が情けなくなったが、すぐにかぶりを振って、気分を切り替えた。

　亜美ちゃんの言うとおり悪いのは私で、一条君は悲しんでいた。ならば臆病風に吹かれている場合ではないと、胸の辺りに小さな勇気みたいなものが湧いてきて、体が奮い立つ。

「うん、ありがとう亜美ちゃん。私ちゃんと謝る」


　結局美術の授業は、早々に私と亜美ちゃんが抜けてしまったために、亜美ちゃんが元々組んでいた人と一条君がペアになっていて、私は亜美ちゃんと組むことになっていた。話を聞く限り、亜美ちゃんはずっと私のことを気にしていたみたいで、それならばと彼女とペアを組んでいた子が気を利かせてくれたみたいだ。

　でもそれでは意味がない。美術室に戻るなり、私は一条君に話しかけた。

「い、一条君、ちょっといい？」

振り向いた彼は、もういつも通りだった。淡々としていて、静かで、無機質な感じ。なんだか真っ白い壁を目の前にしているようだ。どうやって切り出したらいいかわからない。

それでもと、私は衝動に任せて言った。

「さっきは、ごめん。一条君が嫌とか、そういうのじゃないんだ。えっと、その、ちょっと驚いちゃっただけで、それも、情けないなって思うんだけど」

教室の中は相変わらず賑やかである。みんな思い思いにぺちゃくちゃ喋って、美術の先生も特に注意をする気はないようだ。

だから、そんな周りの声に負けないくらいちゃんと言おうと、お腹の底に力を込めた。声が小さい情けなさは、つい先ほど亜美ちゃんと話していて自覚したばかりだ。そんな風に臆病者だから、私は彼を傷付けてしまったのだ。

そこまで考えると、少し気合が入り過ぎてしまったみたいだった。

「でも、わ、わわ、私は一条君とペア組みたいから、私と組んで、くれませんか！」

思ったよりも大声になってしまい、美術室内が静まり返った。みんながこっちを見ていて、居眠りをしていた生徒まで起きている。

何よりその沈黙が鏡のようになり、私へ言葉を跳ね返してきた。今の私の言葉だけを切り取れば、それはもう直球過ぎるほどの告白ではないか。

すぐに顔が真っ赤になるのを感じる。横に立っていた亜美ちゃんも、まさか私がそこまではっきり言うとは思っていなかったみたいで、驚いた顔をしていた。

恥ずかしい。体が全部溶けてしまいそうだ。

だが、それでもと私は唇を噛んで、じっと一条君を見つめた。ここで顔を逸らせば、これまでと同じだ。

彼は、少しだけ唖然としたようになって、応えてくれた。

「……そっか、うん」

そして、やはりと言うべきか冷静に振り返ると、元々亜美ちゃんと組んでいた女生徒に向かって尋ねた。

「それで大丈夫かな？　ちょっと申し訳ないけど……」

すると彼女は慌てたようにしながらもすぐに頷いた。

そこから、美術室内に会話が蘇り始めた。その殆どが私と一条君についてのものであり、みんな口々に色めき立っている。

そんなみんなの雑談は、まるで炎のようだ。私を取り囲んで激しく燃えているみたいで、恥ずかしさで死んでしまいそうだった。

「やるなぁ、すみれ」

「う、うるさい……」

感心したような亜美ちゃんに対して口を尖らせると、私は自分の道具を用意しなおして、一条君と向き合った。

寝ぐせみたいな癖っ毛に、底がないみたいな静かな黒い瞳。目を合わせていると吸い込まれてしまいそうだ。だがそれでも頑張って、ちゃんと彼を見ていると、一条君は不意に、本当に小さく笑った。

「ありがとう。僕、雪月さんのこと勘違いしてたよ」

人間らしい、温度と湿度を感じる話し方だ。一条君が笑っているところなど見たことがなくて、私は思わず見惚れてしまった。

その時思ったのだ。彼も、私と同じ、人間なのだ。

「ううん、悪いのは私だから……」

答えると、彼は首を横に振った。

「雪月さんは悪いことなんてしてないよ。悪いのは僕だから。僕は、嫌われるのが普通だから」

「……え？」

ぽつんと、何のことでもないように告げられた言葉が胸に残る。だが彼は絵を描くことに集中し始めていて、口を閉ざしていた。

——どういうことなんだろう……？

一条君の不思議さの片鱗《へんりん》を垣間見たような感触がして、その違和感のような言葉の意味が、ガムみたいになって頭の中で何度も咀嚼される。だが呑み込みきれず、かといって吐き出して質問することも憚《はばか》られるような気がした。

だからずっと、彼の言葉が、忘れられなかった。


街並みが夕陽に燃えていた。瑞々《みずみず》しい茜の大波は、遠い山々の裏に太陽という大きな星がざぷんと落ちたために生まれた高波のように思えた。だからまるで、街の全部が朱《あか》い水を被って、その水底《みなそこ》に沈んだみたいに見えた。特に私たちの中学校は丘の上にあり、市内を一望できたため、余計に街が溺れているみたいに見えた。

だとしたら魚は人で、海藻《かいそう》は建物だろうか。ならばきっと水流は風で、泡は音である。

こう考えたら、街が大きな一つの命みたいに見えた。建物の間をいろんな色の車が走っていて、信号で止まったり、進んだりするのが呼吸に思える。

私たちは、そんな大きな命を動かすための小さな歯車だ。いいや、私は小さな歯車で、隣を歩く亜美ちゃんは、もっと重要なパーツかもしれない。例えば、私が白血球の一つだとしたら、彼女は心臓とか、胃とか、そういうものだ。

じゃあ彼は一体、なんなんだろう。

自分を悪者だと言う一条君は、どこで生きているんだろう。

「おい、すみれ。なにまたぼーっとしてんだよ」

学校からの帰り道、今日は大会前ということもあり、バレー部の練習も軽めだったようで、私たちは一緒に帰路を辿っていた。ゆったりとした傾斜の丘をのんびりと下る下校路。右手には大きな公園があって、道路がある左手側に亜美ちゃんが歩いていた。いつも通り、自然と私を守る立ち位置である。

「うーん、ちょっとね」

言葉を濁す。一条君のことをどう伝えれば良いのかがわからなかったのだ。私だって一条君の言葉が頭に残り続けていたけれど、じゃあどうしたいかといえば、それもわからないのである。

「なんでもいいけどよ、大胆だったな、美術の時間のあれ。部活の奴らもみんな知ってたぞ。授業中にみんなの前で告白した奴がいるって」

「えっ？」

思わず亜美ちゃんを見上げると、彼女はさっぱりとした様子で笑っていた。清々しいほど格好良く、夕焼け空も似合っている。

やはり恥ずかしくなって、私はすぐに鼻を鳴らして顔を逸らした。

「別に、告白なんてしてないもん」

するとと亜美ちゃんは苦笑しながら答えた。

「それはそうだな。つーか、一条のどこが良いんだ？　まあ悪い奴じゃねえとは思うけどよ」

私は答えに困った。惹かれている相手のどこが良いかなんて口に出すだけでも抵抗があるのに。そもそも自分だって、一条君のどこに惹かれているのかがいまいちよくわからなかったのだ。

強いて言えば、あの独特な空気感だろうか。明らかに人と違う異質な感じがして、つい目で追ってしまう。だが、どうやらそれは私だけのようで、他のみんなは一条君のことを変わってる人としか言わない。

そこで、私は思い出して、ポケットに入れていたハンカチを取り出した。一条君に貸してもらったものだ。簡素な蒼いデザインで、男の子が使っていそうなもの。

これを渡してきた時、彼は傷付いたような顔をしていた。

そして、口内から言葉がぽろりと零れたのだ。

「なんだか、ほっとけなくて」

言うと、亜美ちゃんは唸った。

「ったく、相変わらず……お人好し、だな」

少し間を空けて言った彼女は、そのまま他愛のない話を続けようとした。私は亜美ちゃんが言葉を選んだのだと気付いていた。

彼女は私がどんな人間であるかを知っている。真面目というよりも従順なだけで、優しいというよりも断れないだけ。人に対しては共感ではなく同情し、悪事を働かないのは正義感があるからではなく、ただ臆病だから。他人に対して嫉妬を抱かず、傍観に徹するのも自分に自信がないためだ。

私は普通の人だから。この言葉は、自分が本当に普通の人間であるという意味ではなく、せめて人並みでいたいというだけのもの。

私は、どれだけ特別に憧れていたとしても、いざ目の前にチャンスが訪れた時、何もできない人間なのだ。

私が普通なのは、私のせいだ。

「……亜美ちゃんの方がお人好しだよ」

答えて、私はあははと笑ってみせた。すると彼女も少しして、笑い返した。

私たちは幼馴染みで、間違いなく親友だ。互いを理解しているからこそ、適切な距離というものをわかっている。

亜美ちゃんは私に踏み込みすぎないように。そして私は、亜美ちゃんから離れすぎないように。

彼女は一人になることを怖がっているのだ。みんなの人気者で、自分に特別であることを期待している人に囲まれた時、逃げ道として、自分に期待していない人が欲しいのである。

それが私だ。私は亜美ちゃんに嫉妬もしなければ、期待もせず、傍観するだけ。もちろん彼女の試合があれば応援するが、勝っても負けても、「お疲れ様」とだけ声をかける。

その時に、亜美ちゃんは一番自然に笑うのだ。

だから亜美ちゃんが苦手だった。

彼女といると、私は普通で居続けなければいけなくて、逆に言えば、普通で居続けて良いのである。

私はそこに甘えてしまう、弱い奴なのだ。

そんな私は、いつまで亜美ちゃんと一緒にいるのだろうか。

いつまで、亜美ちゃんと一緒にいられるのだろうか。

「そういえば今日の晩御飯、カツカレーらしくてさ。母さん、試合前なんだからって張りきっちまって、でも今時勝つカレーとか古いよな」

そう言った亜美ちゃんは、肩から力が抜けているような感じだった。自然体で、緊張なんてしていない。

「ふふっ、そうだね。でもおばさんのカレー美味《おい》しいじゃん」

「そうだけどよ、試合の前は毎回同じだから飽きちまうよ」

「ふうん、じゃあ亜美ちゃんのぶんのカツは私が食べちゃおっかな」

「な、それは駄目だ！　つかお前食べにくるのかよ」

「あれ、いつも通り誘ってくれるから、カレーの話したんじゃないの？」

「この……お前ホントそういうとこちゃっかりしてるよな」

軽口を叩きあって、笑いあって、それがもどかしくも、楽しくもあって。

私は亜美ちゃんが苦手だったけれど、彼女と一緒にいたいとも思っていた。人間関係なんてきっとそんなものだ。相手の苦手な所を許容したうえで付き合いたいと思えるからこそ、親密になれるのである。

私は言った。

「それが私だもん。私は別に、良い子なんかじゃないから」

すると彼女は苦笑して答えた。柔らかな表情を、空の向こうから迫る夕陽が彩《いろど》った。

「全くだ。すみれは、」

亜美ちゃんが言いかけた時、突然後ろの方で大きな音がした。何かガラスが粉砕されるような衝撃があり、つんざくようなブレーキ音がして、殴りつけるようなクラクションの音が続く。

「え？」

呆気に取られて振り返った時、ガードレールを突き破り、歩道に乗り上げたトラックがすぐそこまで迫ってきていた。

轢《ひ》かれる直前、私は勢いよく車道の方へと突き飛ばされた。

直後、金属板がひしゃげるみたいな轟音《ごうおん》がした。

倒れたまま顔を上げると、そこにはもう、亜美ちゃんの姿はなかった。

しばらくして、救急車の音が、聞こえてきた。


美術の時間、教室の中は変わらず賑やかだった。みんな人物画の続きを描いていて、それぞれが軽口を飛ばし合っている。

でもそこに華はないような気がした。亜美ちゃんは入院してしまっていて、美術室内を見回しても、目に留まる鮮やかさのようなものが無くなっていたのである。

ふいに指先が痛んで目を落とした。筆を握る右手の指にはいくつか絆創膏《ばんそうこう》が張り付けられていて、少しだけ血が滲んでいる。昨日の帰り道、飲酒運転でトラックが突っ込んできた時、亜美ちゃんに突き飛ばされて少しだけ怪我をしてしまったのだ。

でも、あくまでもその程度である。

私を助けてくれた亜美ちゃんは両足を複雑骨折して、もう二度と歩けなくなるかもしれないとまで宣告されたのだ。

その言葉を聞いた時、頭の中が真っ白になった。亜美ちゃんはもうすぐそこに中学最後のバレーの試合が迫っていて、高校や大学に行っても、第一線での活躍が期待されていた。それだけ彼女は実力があって、評価されており、二十歳《はたち》以下の有力選手として毎年強化合宿にも参加していたりした。

でも、もう歩けないとなれば、そんな華々しい未来の全てが無くなってしまう。

あの時亜美ちゃんは私を助けてくれた。つまりその気があれば、自分だけでも逃げられたはずだ。

そう考えてしまって、私は罪悪感に押しつぶされそうになった。

私がいたから、亜美ちゃんは。

私のせいで。

そうやって考え込んでいると、目の前の席から声がした。

「雪月さん、大丈夫？」

そこには一条君が座っていた。寝ぐせのような癖っ毛は相変わらずだった。

「七浜さんのこと、だよね」

亜美ちゃんが交通事故にあったことは、瞬《また》く間に学校中に知れ渡った。休み時間のたびに他のクラスや学年の生徒が教室を見に来て、亜美ちゃんの姿を探していた。

最終的にはみんなが私のことを見て、去っていくような気がする。その目が冷たくて、責めているみたいに感じるのだ。

だから、一条君の目も見られなかった。怖かったのだ。私なんかが亜美ちゃんに助けられてしまった事実が、苦しかった。

「……うん」

俯いたまま応えると、彼は少し間を空けて言った。

「雪月さんだけでも無事で良かったよ」

気を遣ったみたいな柔らかい言い方だ。しかしそれが痛かった。私のせいで亜美ちゃんは大怪我をしたのだ。

「良くなんか、ないよ……私のせいで、亜美ちゃんは……」

「……雪月さんのせい？」

怪訝《けげん》そうにした彼を前にして、私はとうとう筆も持っていられなくなり、絵を描く手を止めた。先日とは違い、賑やかな美術室の中で、誰にも聞こえないように小さな声で、情けなく言葉を発した。

「昨日、大きなトラックが歩道に乗り上げて、後ろから来てね。私、気付いても動けなかったんだ。だから亜美ちゃんが私を引っ張って、突き飛ばして助けてくれたの。でも、そのせいで亜美ちゃんは逃げられなくて……」

罪の意識が重くて、抱えきれなかった。だからもう吐き出してしまいたくて、口を開けば、次から次に言葉が溢れてきた。

「私なんかが、亜美ちゃんの代わりに助かっても、良いことなんてないのに」

いつの間にか、涙が流れてくる。頬を伝うそれは熱くてとめどなかった。

一条君が、口を開いた。

「僕は、それは違うと思う」

はっきりとした言葉だった。いつも通りに淡々としていて、静かなのに、なぜか鋭く胸に突き刺さった。

そこで責められるのだろうかと怯えながら、恐る恐る顔を上げると、一条君がじっと私を見つめていた。緻密な黒瞳《こくどう》には深みがあって、目を合わせていたら吸い込まれてしまいそうだ。それに、なんだか私の頭の中まで全部見透かされているような聡明さまで感じる。

「もし雪月さんの言うとおり七浜さんが助けてくれたんだとしたら、怪我をしたのは七浜さん自身の責任だ。そして雪月さんは、七浜さんのおかげで助かったんだ。そこは勘違いしちゃいけないと思う」

彼は、私が口を挟む間もなく、淡々と続けた。

「それに雪月さんは、七浜さんの代わりなんかじゃないよ。七浜さんには七浜さんの良いところがあって、雪月さんには雪月さんの良いところがあると思う。七浜さんは、自分の代わりになってほしくて雪月さんを助けたわけじゃないと思うから」

そう言葉にした彼は、表情に影を忍ばせた。一条君自身が身を切って口にしているような、響きのある声である。

もっと言えば、普段の静かな口調ではなく、少しだけ人の肌温のようなものが乗っている発音は、どこかから切り取って使いまわしているような、彼らしくない余韻のようなものがあった。

そこに、彼の人生の背景のようなものが透けて見えた気がした。

だからこそ、一条君が紡いだ言葉は自然と沁みてきた。

「じゃあ……なんで亜美ちゃんは、私のことを……」

しかし一条君は滑らかに答えた。

「それは多分、僕よりも雪月さんの方がわかると思う」

彼は、続けた。

「だって七浜さんのことは、雪月さんが一番よくわかってるでしょ」

亜美ちゃんが入院している病院は、市内で一番大きい所だった。学校からも遠くて、だから放課後すぐに校門を飛び出ても、病院に着くには日が暮れてしまっていた。

それでもロビーにはある程度人がいて、みんな会話をしていたけれど、不思議と静かな感じがした。部活をしているわけでもなく、毎日親が言うとおりに健康的に生きている私は、病院というものには縁遠く、少しだけ緊張してしまう。

だが、私は止まらなかった。受付で面会手続きをして、教えられた病室へとつまさきを向ける。

昼間の美術の時間に一条君と言葉を交わしてから考えたことだ。

亜美ちゃんはどうして私を助けてくれたのか。答えはすぐに出た。亜美ちゃんが優しい人だからだ。多分あの時、隣にいる人が全く見知らぬ人だったとしても、亜美ちゃんは反射的にその人を助けただろう。

本当にお人好しで、格好良くて。

「亜美ちゃん？」

病室の扉を開けると、電気はついていなかった。それでも薄暗闇の中を見渡すことができて、手狭な個室の様子が窺える。

まだ入院初日ということで、ものが一つもない。殺風景な部屋の中には薬臭い匂いだけが充満していた。

そして、そんな部屋にあるベッドで、亜美ちゃんは横たわっていた。

ギプスに包まれた両足は少しだけ吊《つ》られて、ベッドの頭の方は持ち上げられていた。お腹の上で組まれた両手にも湿布や包帯が巻かれて、頭にはネットを被っている。

痛々しくて、無気力で、見ていられない。だが、彼女の目はしかと開いていて、それがゆっくりとこちらを見た。

目が合った瞬間、彼女は息を呑んで、くしゃりと笑った。

「すみれか。悪いな、気付かなくて。今母さんも父さんも色々取りに家帰ってて、ぼーっとしてた」

その話し方を聞いて、やっぱりと思った。亜美ちゃんはいつも通りに振る舞おうとしていた。でも目の下には泣き腫らした跡があったし、何よりも声が震えていて、何かに押し潰されてしまいそうだった。

じゃあ何かとは、何だろう。華々しい未来が失せることへの絶望か、それとも全身を覆う大怪我による痛苦か、はたまた己の肩にのしかかっていた期待か。

きっとその全部で、あんなに逞しかった彼女の心には、確かにひびが入っていた。

「……ううん、大丈夫」

電気もつけないままベッドまで歩み寄り、パイプ椅子に座った。窓から染みてくる街灯だけが部屋の中を濡らし、てらてらとした淡い輝きとなった。

「学校はどうだった？　みんな、なんか言ってたか？」

「凄く心配してたよ。今度、みんなでお見舞いに行こうって話してる」

「そうか、なんか悪いな」

弱々しい言葉だった。でも彼女は、精一杯、平気そうにしていた。

「部活の奴らにも……もうすぐ、大会だったのにな」

お人好しで、格好良くて、どこまでも誰かのことを気にかけている。ただそれは亜美ちゃん自身に意思がないというわけではない。亜美ちゃんはただ、自分の意思を押し殺して人のことを考えられる人なのだ。

彼女は本当に、強がりだ。

「亜美ちゃん、ありがとう」

口にすると、彼女は俯いたまま首を横に振った。

「礼なんかいらねえよ。当たり前のことしただけだ。気にすんなよ」

「気にするよ」

私の胸の内で、小さな衝動が蠢《うごめ》いた。それは私の心に住み着いている弱虫だった。私が勇気を出そうとすると、いつもそのちっぽけな強がりを食べてしまって、日増しに太っていく悪い奴だ。

でも今回ばかりは、その弱虫に負けてはいられなかった。ここで引き下がったら後悔するような不安があったのだ。臆病な私は、弱虫に勇気ではなくて、不安で勝とうとした。

「これまで助けてもらってばっかりで、私、亜美ちゃんのこと、正直ちょっとだけ苦手だったけど、でもそれ以上に大好きだから。今度は私が力になりたいんだ。傍に……いたいんだ」

私は彼女に嫉妬も期待もしなかった。彼女が試合に勝っても負けても、「お疲れ様」とだけ言った。

なんだか、「頑張って」とは言いたくなかったのだ。だって亜美ちゃんはずっと頑張っていた。人のために気を遣うこともそうだったし、何よりバレーだって、一生懸命に打ち込んでいた。反面私は、バレーから逃げて、ずっと彼女を眺めていただけだ。

私なんかじゃ、どうせ亜美ちゃんの隣には並べないから。もし彼女が隣にいても、それは亜美ちゃんが歩幅を挟めてくれているだけだった。

じゃあ今、彼女が歩けなくなったなら、私は何をするべきなのか。

「頑張ろう、亜美ちゃん。これまで助けてもらった以上に助けるから。絶対に、一人にはしないから」

すると亜美ちゃんは顔を上げた。

やっぱり彼女は、泣いていた。

◇

結衣ちゃんが消えたその日の放課後に、私と一条君は、谷津先生の元に向かっていた。

「そう、吾妻さんが……」

人気のない図書室。谷津先生は胸が詰まったように口にした。今にも倒れそうなくらい顔色が悪くて、受付の机の上に手を置いていなければ崩れ落ちてしまいそうだった。そしてもう片方の手を胸の前で強く握りしめていて、拳の内側には悔いや悲しみを秘めているみたいだ。

そんな谷津先生を、一条君は静かに見つめていた。昨日の放課後、私たちが図書室を後にしてから、今朝結衣ちゃんが消えたことまでを何の滞《とどこお》りもなく説明した彼は、なんだか覚悟じみたものを固めているようにも見える。やるべきことに焦点が定まっているみたいで、強く、私の手を握っていた。

「はい、そして次に狙われるのは、恐らく僕たちです。春乃が消えてから、学校内で色んな人間に春乃のことを訊いて回っていたので、そこでアプリを持っているとバレていたんだと思います」

差し込む西日の中で埃が躍っている。図書室特有の紙とインクの乾いた匂いが満ちていて、彼の言葉はよく響いた。最初に谷津先生が私たちを呼び出したのも、一条君が言った通り、私たちがあからさまに動きすぎたせいで、アプリを持っているとわかったからだ。

谷津先生も苦しそうに口と瞳を閉ざした。あくまでもこの現実を受け止めたくないみたいだが、明らかに、肯定的な沈黙だった。

「昨晩から今朝にかけて吾妻を殺せたのも、きっとある程度僕たちを張っていたからでしょう。吾妻を殺した人間は、春乃を殺した人間が誰かわからず、迂闊《うかつ》に動けば自分の存在がバレる危険性があったため、ずっと様子を見ていたのかもしれません。そして、吾妻が春乃を殺した人間、草太を殺したから、こうして行動を起こした」

一条君が考察を口にすると、谷津先生は瞼をゆっくりと持ち上げた。目の下のクマが酷い。昨晩は眠れなかったのかもしれない。

「それでどうするの？　そこまで考えていて、狙われているとわかっていて……」

一条君は握っていた私の手を持ち上げた。

「自分たちの身を守ります。基本的に二人で行動していれば、襲われる危険性も少ないと思いますので」

そこで谷津先生は私を見た。その瞳に対して、私は唾と息を呑んだ。谷津先生が危険を冒してまで私たちにアプリのことを教えてくれたのは、私たちがアプリによる殺し合いに引き摺り込まれないようにするためだ。

だけどその時にはもう遅かったのだ。むしろ、それがきっかけになってしまい、一つずつ、連鎖的に事態が進んでしまった。

「雪月さんは……」

「私も、一条君の言うとおりだと思います」

谷津先生は唇を噛んだ。だから私は首を横に振り、続けた。

「谷津先生のせいじゃなくて、谷津先生のおかげで、私たちは自分たちが危険だって気付けたんです。もしかしたら……わけもわからず、殺されていたかもしれないので。なので、自分を責めたりしないでください」

そして私は、一条君の手を握り返した。手は震えていたが、胸には勇気があった。

私は普通だった。でも今はもう普通じゃない。普通ではいられない。中学生の時、亜美ちゃんが交通事故にあってから、頭の片隅で考えていたことだ。

私は何もできないんじゃなくて、何もしようとしないだけの卑怯者《ひきょうもの》である。誰かに助けられてばかりで、そして誰かを眺めてばかり。だから昨晩、結衣ちゃんを前にしても何も言えなかった。

でもそれでは駄目なのだ。今日になり、死を生暖かい肉感として感じられるようになってから、ようやく一条君に心を打ち明ければ、彼は私を守ると返してくれた。谷津先生だって、私たちのことを身を削って心配してくれている。

ならば、私だって二人を守るべきだ。

もう助けられるだけなのは、嫌なんだ。

「わ、私たちは、大丈夫です。なので安心してください。むしろ先生にも何かあれば、絶対に助けるので……一緒に、頑張りましょう」

震えは収まらない。やっぱり怖い。だが、一条君の手を握りしめ続けて弱気の自分を絞め殺す。

そして、谷津先生はそんな私たちを見て、ただ一言だけ「ごめんなさい」と謝った。

それから私と一条君は図書室を後にして帰路についた。夕陽が低くなり、街に茜を注ぎ込む。二人並んで、極力人通りの多い道を歩く。周りを往《ゆ》く人がみんな殺人鬼に見えたが、その度に一条君の手に頼った。下校中、いつどこから不幸が襲い掛かってきても良いように神経を研ぎ澄ませた。

思い出すのは、やっぱり亜美ちゃんとのあの下校の時である。あれ以来、亜美ちゃんはリハビリに努め、今は補助があれば歩けるほどに回復している。二度と歩けなくなるかもしれないと言われても彼女は諦めなかったのだ。先週の放課後も、春乃ちゃんの頼みを「用事がある」と断って亜美ちゃんの補助に行ったが、亜美ちゃんは汗だくになりながらも戦っていた。

私は学んだのだ。一度失ったものは二度と戻らないこともある。だが、それは全てを諦める理由にはならない。できることは、必ずある。

「絶対に生きよう」

彼を見上げた。

「そして結衣ちゃんも、春乃ちゃんも助けよう。双葉君だって、本当は何か苦しんでたんだと思う。わからないなら、わかろうとしないと。だから、みんなを助けなきゃ」

すると彼は私を見下ろした。黒い瞳は相変わらず静かだが、口元が小さく緩んだ。ただそれがどこかこれまでの彼と異なっているように見えて違和感を覚える。

一条君は確かに人と違うようなところがある人だが、それでも根の素直さであったり、彼なりの優しさのようなものがあって、その温かさが崩れることはなかった。

でも今の彼の瞳は、どこか少しだけ、人が変わったみたいな熱を帯びていた。

「うん。やっぱりすみれは優しいね」

そして彼は、一見これまでと同じように、静かに続けた。

「どんな手を使ってでも、必ず、助けるよ」

七章

睦月忠一

薄暗い部屋には、すえた匂いが充満していた。

淀んだ空気だ。四六時中閉め切られたカーテンの裏はヤニが染みついて黄ばんでいる。八畳一間は荒れ果てて、どこを見てもごみが見える。

部屋の隅では洗っていない弁当の箱を詰めたビニール袋が山になっており、その裾《すそ》の辺りでは、潰れた缶ビールの口から液体が零れている。脱ぎ散らかした衣服はどれもよれてしまっており、カビが生えた雑巾も捨ててあった。

他にも、折れたハンガーや、羽根にひびが入っている扇風機、いつのものかもわからない新聞、血の付いたティッシュ。

最後に、部屋の真ん中に敷きっぱなしの煎餅布団《せんべいぶとん》の上に転がる、裸の女の死体。

本当にどこを見ても、ごみばかり。

「やり過ぎちまったなぁ」

うつ伏せて動かなくなった女の死体に目を落とす。手と足首は縄で縛られ、血が滲む程青く腫れあがっているのは、それだけ女がもがいたから。だが、所詮は高校二年の女子である。一人の夜道を襲い、拘束すれば、逃げ出すことなど不可能だ。

そうして体液に塗れたその女の顎を掴み、顔を上げさせ、虚ろになった瞳と目を合わせる。

「黙ってりゃあいい面してんのに、騒ぐから、加減を間違えちまったじゃねぇか」

手を離すと女の死体は力なく布団に沈んだ。女が持っていた鞄の中を漁ると、目当ての携帯を引っ張り出した。

するとロック画面に勝手に血色のバナーが浮かび上がってきた。タップすると、秘密のアプリの画面が表示される。

黒ずんで乾いた木の皮のような背景に、下部には注意文と、左上にチュートリアルのアイコン。中央にでかでかと表示されているのは赤い砂が詰まった砂時計。どうやら、時間は六割ほど溜まっているようである。

「ほぉ、結構溜めてんな、流石優等生だ……いや、こいつも奪ったばっかりだったか」

砂時計をタップすると、簡素なポップアップが表示される。


吾妻結衣の時間をインストールしますか?


薄く発光する青いデジタルの文字で、「はい」と「いいえ」が浮かび上がる。迷わず「はい」をタップすると、刹那、手の内から携帯が消失した。

振り返ると、布団の上から女の死体も、消えてなくなっていた。

同時に、閉めきったカーテンの隙間から、朝陽が差し込んできているのに気が付く。

そこで首を鳴らせば、あくびと共に言葉がこぼれ出る。

「雪月は、大人しそうだなぁ……一条が邪魔だ……ああ、いや？」

カーテンを少しだけ開き、日光を浴びる。気持ちが良い朝だ。

自然と、笑みが浮いてくる。

「確か、雪月の奴、一条に惚《ほ》れてるんだったなぁ」

◇

吾妻を殺してから三日が経った日の放課後、俺は閉ざした唇の裏側で、ねっとりと歯茎《はぐき》を舐めていた。

香るのはプール独特の塩素の匂い。先週あった体育の授業の補講だ。両手の指で足りるほどの生徒がちんたらと水を掻いて、二十五メートルの間に何度も足をつきながら泳いでいる。

——さっさと泳げよ。

ひたすらにもどかしかった。何せ、俺は飢えていたのだ。それは腹が減っているわけではなく、若い娘を犯し散らかしたいという根源的な情欲と、ただひたすらに何かを痛めつけたいというサディズムからなる飢えだ。吾妻を殺してから三日間、一条と雪月を狙ってはいるものの、奴らは片時も離れず、また、常に人目につくところに身を置いていて、手が出せないのである。特に登下校路も毎日変えているようで、追おうとしてもすぐに見失ってしまう。

よって、日に日に邪悪なる欲望が溜まっていった。アプリを手にしてからというもの、偶《たま》にこうして誰かをいたぶる好機があり、そのたびに腹黒い脂肪が肥えていくような気がする。だがそれを止《や》めようとは思わなかった。

なんせ、秘密のアプリを持っていれば、どれだけ罪を犯そうとそれをなかったことにできるのだから。

これまでも多くの人間を殺してきた。アプリを持っている人間はもちろん、そいつらを幾らか殺して時間が溜まれば、目を付けていた女を攫《さら》い、これを犯し尽くして、時間を使ってその女が存在したという過去を消した。

とにかく、殺してきた、壊してきた。

この世が天国にでもなったような気分だ。殺人も何もかも許されて、理性の枷《かせ》を失い、獣として生きることがひたすらに心地よかった。幼いころから加虐的嗜好《しこう》を持っていたことは自覚していたが、あくまでも人を襲わないようにと蟲や犬猫のような動物をぶち殺しまくって気を紛らわせていた。だが、今はもうそんな刺激じゃ足らなかった。

人を殺したくて、犯したくて仕方がない。全部ぶち壊したい。

だからこそ、小癪にも逃げ続け、隙を見せない奴らが許せなかった。

今は絶好の時なのである。そもそも補講ということで生徒の頭数が少なく、先週水着を忘れていた二人は、まんまと参加している。警戒はしているようだが、俺が吾妻を殺した犯人だとは気付いていないだろう。何せなんの証拠も残しておらず、奴らもこちらを特別に注意している様子はないのだ。

ただ一点だけ、先週、吾妻を殺した時以来なぜかアプリに対しての理解度が増した様子なのは気になるが、恐らく足りない頭を突き合わせていたのだろう。そのため、『二人でいる』『人の目につくところにいる』という対策を取っているのである。

よってなんとしてでもこの補講で殺す。人の頭数が少なくて、水着であるならば凶器の類も隠し持ってはいないはずであり、絶好の機会なのである。この三日間飢え続けていたため、計画も抜け目がない。

――まず一条からだな。あいつは頭がキレるが、悪意というものを理解してなくて、素直だ。何かと理由をつければ居残りさせられるだろう。その時点で勘づくだろうがもう遅い。水着一枚なら簡単に捻りつぶせる。雪月の方は残ったところで、どうせ何もできやしない。

唇の裏で歯茎に這った舌を、今度は右から左に、逆に動かす。虎視眈々《こしたんたん》とした獣の性《さが》がもう喉元まで迫っている。唾液《だえき》が口の中から溢れそうで、背骨の芯の辺りからぞくぞくとした。考えるだけで体が震えてしまいそうだ。

――そして一条を人質《ひとじち》にして、雪月を従わせるんだ。きっと従順になるぞ。何せあいつは一条に惚れていて、臆病で、善人だからなぁ。そしてたっぷり犯して、最終的には、目の前で一条を殺してやるんだ。その時は……どんな顔をするんだろうなぁ。

時間ならば、吾妻から奪ったことですでに九割近く溜まっている。それもまた俺をもどかしくさせる要因だった。一条と雪月がそれほど時間を溜めていなくとも、二人合わせれば残りの一割を溜めきることはできるだろう。そうすればパラダイスだ。また、好きに誰でも犯して、殺すことができる。

ああ、早く殺したい。我慢ならない。

そんな思いで一秒、一秒と時を待っていると、ようやく、その時が訪れた。

「ようし、じゃあこれで補講は終わりだ。解散して良いぞ」

プールから上がったばかりの数人の生徒に言えば、彼らはそれぞれシャワーを浴びようと踵を返した。もちろん一条と雪月も歩いており、丁寧《ていねい》に並んでいる。

そして、呼びかけた。

「ああ、待て一条。お前は片づけをしろ」

すると奴は一度動きを止め、ゆっくりと振り返った。

「片づけ、ですか？」

「ああ、ビート板を集めろ。それと汚いのがあれば洗え」

プールサイドに散乱したビート板を指さしつつ言った。元々このために、補講者は数人であるのに多くのビート板を用意して、適当に汚しておいた。一人で片づけるには時間がかかるだろう。

「じゃ、じゃあ私も手伝います」

一条と共に足を止めた雪月が言った。だが、俺は首を横に振った。

「いらん、一条だけでいい」

「でも……」

震えながらも食い下がろうとした雪月に苛立つ。無垢《むく》故の愚かさというか、正しさのようなものが清らかに面《おもて》を覆っていて、臆病ながらの正義感じみたものを感じる。馬鹿な善人が一番面倒だと分かってはいたが、まさか雪月が反論しようとしてくるとは思わなかった。

怒鳴ろうと息を吸った時、けれども、一条が言った。

「大丈夫だよ、すみれ。あそこで待ってて」

淡々としたいつも通りの口調だ。相変わらず静かで気味が悪い。だが好都合でもあった。何を考えているかはわからないが、一条もまた善人だ。雪月を庇《かば》うためなんていううすら寒い動機で言ったのだろう。

心配そうにしつつも、他の生徒に混じってシャワーを浴びにいった雪月を見送り、一条は黙々とビート板の片づけを始めた。俺もすぐには動かない。ちゃんと他の生徒たちがシャワーを浴び終わり、プールに併設されているコンクリート造りの更衣室で着替えて、帰っていくまで待ち続ける。

一人、二人、三人。出ていく生徒を数えていけば、その度に刻一刻と時計の針が進んだ。そもそもプールは学校の敷地の端の方にあり、人目のつかない場所である。全員が出ていけば、もう一条を殺すこの上ない処刑場となる。

そうして最後の一人。雪月が何度も振り返りながら出ていったのを確認し、俺はようやくと口を開き、歯茎を舐めていた舌をべろりと出した。これまで窮屈な思いをしていた舌先が、べろりと唇をなぞり、それが枷が外れた瞬間だった。

ビート板を揃えていた一条の背後に迫り、大きく右足を振り上げ、奴の脇腹に思い切りすねを沈みこませた。

「はっ、は、ははは！」

瞬間、悦楽がこみ上げてきた。体を巡る血流が勢いを増して、血管が破裂してしまいそうだった。体が張り裂けそうなくらい興奮するのだ。自然と拳を握り込み、悲鳴もなく吹き飛ばされた一条に間髪入れず馬乗りになって、その顔を殴りつけた。

肉と骨がぶつかる音。肌が弾け、血が零れ、折れた歯がプールサイドに転がる。一条は抵抗すらできないのか、もがきすらせず、ただ暴力を受け入れていた。それが気に喰《く》わなくて、俺は更に強く奴を殴りつけた。

「どうした一条、憤れよ、叫べよ、血を吐くくらい暴れて見せろぉ！　吾妻は、ずぅっと踊ってくれたぞぉ！」

三日間も目の前にある快楽を眺めることしかできなかったため、もう自制などしようもなかった。俺という人間の獣の性が牙《きば》を剝《む》き、体毛が一つ残らず逆立ってしまいそうだ。背中が粟《あわ》立《だ》ち、息をするだけで快感を覚えた。今この瞬間が、最高に心地よくて、微睡んでいたり酩酊《めいてい》していたりするみたいな、非現実的な浮遊感みたいなものが俺を滾《たぎ》らせた。

これまで長く俺を縛り付けてきた社会という抑圧も、今は全てを忘れられる。この暴力的な衝動を解き放てる。ずっと満たされなかった。ずっと我慢していた。初めて人を殺した時、浴びた悲鳴と血で体が潤ったことを思い出す。そして今は、それが何よりも欲しくて、一条に悲鳴を求めた。

「おら鳴けェ！」

どれほど殴っていただろう。いつの間にか息が切れていて、夕陽の色も濃くなっている。もうすぐ陽が沈みそうだ。興奮するあまり全身の毛穴が開いており、激しく発汗していた。

そして一条を見下ろすと、もうぴくりとも動かなくなっていた。

「なんだ、つまらねぇな……殺しちまったか？」

胸の所に手を当ててみれば、まだ心臓の鼓動を感じる。一条を殺すのは雪月の目の前でと決めているため、また吾妻のように加減を間違えて殺してしまったのかと思ったのだ。

だが生きているならばと蹴飛ばして立ち上がった。もう完全に気を失っている様子で、何の反応もない。そのため縛り上げることもせず、踵を返し、男子更衣室へと向かった。

後は一条の携帯を取り上げて、雪月を呼び出せば終わりだ。いや、最高の時の始まりである。二人をいたぶれて、挙句に時間も溜めきることができて、更にまだ誰かを殺せるのだ。

「さて、あいつの荷物はどこだ?」

更衣室には、曇り硝子《ガラス》から僅かな夕陽だけが流れ込んできていた。コンクリートの床の上に敷かれた木板は湿っており、その上を歩いて進む。そしてロッカーを奥まで確認していけば、棚の上の隅の方に、人目につかないように荷物が置かれてあった。

用心深い奴だ。だがもう苛立ちはしなかった。その無駄な努力が滑稽《こっけい》に思えてしまい、一条の鞄を摑めば、その中を漁り、携帯を探す。もしどこかに携帯を隠していたとしても、アプリと保持者は離れられないため、必ず近辺にはあるはずだ。

だが、そう考えた時だった。

突然背後から、何やら大量の液体を被せられた。

「なんだ!」

被せられたのはただの水ではなく、なんだか鼻の奥にこびりつくような異臭を放っている。それが目に染みてまともに周りが見えず、遮二無二《しゃにむに》暴れた。だが、どれだけ手を振り回しても何にも当たらず、次から次へとこの変な液体を浴びせられる。

「ちくしょう！」

そうして乱暴に顔を拭うと、おぼろげながらに視界が蘇った。

そこには、一条が立っていた。

「あぁ？　てめぇ、なんで……」

奴は気絶していたはずだった。あれだけ暴行を加えてぴくりとも動かなかったのだ。

だが一条は、青痣で血だらけの見た目ながらに、やはり、いつもと同じように淡々と答えた。

「気絶したふりをしていただけですよ。幼いころから殴られていたので、ああいうのは慣れているんです」

一条の目元が、異様なほど陰って見えた。明かりなど天井近くに張られた曇り硝子から滲む橙色《だいだいいろ》のみで、コンクリートの壁や金属のロッカーといった無機質な内装の更衣室の中なのに、奴の眼差しは何よりも温度というものをもっていなかった。

それは冷たいでもなく、熱いでもない。緻密な黒色の眼光が世界に穿たれた穴のようにそこにあって、いまにもその目の内にあらゆるものが吸い込まれて押し潰されてしまいそうなほど虚無的な、深淵《しんえん》じみた瞳である。腫れあがった頬や潰れた鼻、切れたひたいから流れる血も全て意に介しておらず、傷付いた人間というよりも、ぼろぼろに引き裂かれた人形が、ゴミ山の中で横たわり、じっとこちらを見つめているみたいだ。

生き物ではない。直感的にそう思った。俺自身が世間一般に言う、普通だったり、人という枠組みからは逸脱した嗜好や性格を持っているとは自覚していたが、一条はまた別の何かのような気がした。俺は自分のことを獣みたいだと思うことはあっても、むしろ誰よりも生を実感しているとさえ思っており、あまりにもかけ離れた存在感を呈す一条を理解できなかったのだ。だから向かい合って、一歩も動けなかった。一条が放つ殺意を前にして、どうすればいいのかがわからなかったのである。

そして、そこでようやく、一条がその手に握っているものまで目に入った。

「お前、それ……」

口の所から無色透明の液体が垂れている赤いポリタンク。灯油だ。鼻が曲がりそうなほど強烈な匂いを放つそれは、窓から注がれる夕陽の朱色と混じり合い煌《きら》めいていた。それが一条のつま先の前の辺りから、俺の方へと一面に床を濡らしている。

そして一条は、側《そば》のロッカーに手を入れると、何かを摑み上げた。

それは、ライターだった。

「僕とすみれが、吾妻を殺した人間に狙われているのはわかっていました。でも問題は、相手が誰であるかと、『相手が何人いるか』でした。僕とすみれが結託しているように、相手が複数である可能性も十分に考えられます。どちらにせよ、僕たちを襲うなら、僕たちがばらばらになった時、もしくは二人きりか、それに近い状況になった時に仕掛けてくると思ったんです。

例えば今日みたいな、補講の時などですね。僕とすみれは体が強い方ではないので、相手が屈強な人だったり、複数人いた場合、襲うことはそう難しくもありませんし……なので、ただの凶器というよりも、こっちの方が対抗しやすいと思って」

つらつらと淀みなく口にする一条は、なんの躊躇《ためら》いもなかった。それはゼンマイを捻られた玩具が、ひたすらに細工通りに動いているみたいで、会話をしているという実感すら湧きにくかった。

それが、ひたすらに気味が悪かった。

「あぁ？　じゃあなんだ、お前、襲われるってわかってて……」

灯油を浴びせられて、目の前にはライターを手にした奴が立っている。首元にナイフを突きつけられているみたいで、いつ殺されてもおかしくない状況である。

それが受け入れられなかった。先ほどまで俺は殺す側だったはずだ。いや、ずっとそうだった。これまで俺は何かを傷付けたり、壊してばかりで、気に入らないものや歯向かうものがあれば全部捻《ね》じ伏せてきた。俺が絶対的な強者で、捕食者だったのだ。

そんな俺が、こんな気持ちの悪い奴に殺されるなど、ありえない。

そうして腹の底に怒りや鬱憤《うっぷん》が溜まるが、されど一条は、そんな俺の癇癪になど気にもとめない様子で言った。

「いつか襲われるなら、襲い返せるタイミングでやり返すべきだと思ったんです。こちらは相手が誰かもわからなかったので」

一条はライターのスイッチの所に指をかけた。まるで拳銃の引き金にでも触れているみたいだ。息が詰まった。

だが、一条はすぐには火を付けなかった。

「でも、睦月先生だったんですね。良かったです」

「……どういうことだ？」

「だって、睦月先生は春乃の煙草の傷を理解しませんでしたよね。なら、実際に燃えたら、春乃の気持ちもよくわかると思って」

すると、その一言が皮切りになって、頭に血が上った。よりにもよって、大恥をかかされた一年前のことを持ち出されれば、反射的に怒鳴り声が出た。

「ふざけるな！　なんで、なんで俺がそんなことを理解しなくちゃならねぇんだ！　俺はようやく、自由を手に入れたんだ。人を殺せて、ぶち壊せて、なのにどうしてその自由を奪われなくちゃならん！」

体が内側から焼けるような怒りだった。その衝動に対し、一条は静かに返した。

「それは多分、睦月先生が殺してきた人たち全員がそう思ってますよ」

そして、一条は目を眇《すが》めた。

「この前の夜、吾妻もそう言っていたので……ただ普通に生きてきただけなのに、ふざけるな、って」

口にして、一条は僅かに息を吸った。そして薄い唇の周りに、笑みを作った。

蕩《とろ》けるような微笑みである。あの怪物が、人の心を持ったみたいにして口元を綻ばせたのだ。

すると奴の顔の輪郭が柔和に崩れて見える。

だからこそ余計に無機質な黒い瞳が、一切揺れることなくこちらを見ているのが不気味である。それが理解できなくて、ただ襲い掛かる死の予感に体が凍り付く。

「僕はずっと悩んでたんです。自分がおかしいのか、それとも自分が育った環境がおかしかったのか。どうして僕は普通じゃないと言われるのか。だから普通にならなきゃいけないって思ってた。でも、本当は誰かに自分を認めてもらいたかっただけなんです。大切なものが欲しかったんです……ずっと、寂しかったから。そんな時、すみれは僕を好きだと言ってくれた」

艶《あで》やかなまでに感情的でありながら、その根底の所にあるのは人の心臓ではないような気がした。それこそ他者から電力というものを供給されなければ生きていけない機械のようで、自分の存在意義を他人に依存しているような一条は、もう迷ってはいないように見えた。

「その時、僕はようやく普通になれたと思ったんです。だって、春乃は恋愛をするのが普通って言ってたから。だから、こんなにもすみれを大事に、好きだと思えた僕は、普通ってことだ。僕は、本当の意味で普通になれた。自分を、認められた」

そして一条は、ライターを握り直した。

「やっぱり、吾妻が春乃を助けるために草太を殺したのも普通のことだったんです。自分が壊れてでも大事な人を守りたいって感情は、綺麗で眩しいものですから」

守るというのがどういうことか。それは一条を見ていればわかることだった。奴は逃げるでも、隠れるでもなく、俺の前に立っているのだ。

俺は咄嗟に腕を伸ばした。

「ま、待て一条！　やめろ！」

だが、一条は俺の制止を聞かず、ライターのスイッチにかけていた指を数ミリ動かした。

「だから、僕はあなたを殺します」

充満する油の臭気。ぶちまけられた無色透明の液体。口の中に広がる揮発油の味。

かちりと音がして、点火したライターが俺に向けて投げ捨てられる。

爆発的な炎が俺の体を呑み込むのは、一瞬だった。

「ぐ、ぁ熱、あアァァ！」

まるで巨大な蛇に呑み込まれたようで、全身を無数の熱の牙に齧られ、立っていられなくなる。息ができなくて、ろくに目が開けられない。床の上を転がるたびに、地獄の針山の上に寝ているような、全身を貫かれるような痛みがあって、更に火が燃え広がり、悶《もだ》え苦しむことしかできない。

もう自分が叫んでいるのかどうかもわからなかった。立とうとしても皮膚が溶けて力が入らず、肉が燃えて、微《かす》かに見える体のあちこちで血が泡立っていた。

そうしてなんとか這いながら、向こうの方に立っている一条へと、手を伸ばした。

「助け……」

しかし一条は、呟くだけだった。

「自分のためじゃなくて、人のためなら、こんなに簡単に人が殺せるんですね」

炎に煽《あお》られて、奴の表情が良く見える。傷だらけだが、無機質で、もうすでに普段のそれへと戻っている。いつもと変わらない口調で人のためだと言って、暴力を振るって、平然としている。

それが正しいのか、間違いなのか。善なのか、悪なのかは、俺には考えられなかった。

そして踵を返し一条は、振り返らず、そのまま更衣室を出ていった。

断章

後ろ手に更衣室の扉を閉めると、吹き付けてくる夏の夕風が涼しかった。先ほどまで燃え盛る密室にいたため、肌が痺《しび》れるように熱さを覚えており、その熱を拭い去ってくれる風は心地よいのだ。

それでも皮膚一枚隔てた体の内側では、いつもと同じように血が流れていた。人を焼き殺した後なのに、罪悪感のようなものはなく、特別興奮したり、焦ったりもしていない。むしろこれですみれの安全を確保できたという安堵まであるほどで、僕は独り頷いた。

「やっぱり、おかしかったのは環境じゃなくて、僕だったのかな」

つい数日前まで、ずっと僕を蝕んでいた悩みだ。人を殺してなお不感を貫く僕の魂は、やはりおかしいとも自覚できた。

しかし、もうその悩みに震えることはなかった。僕は僕で、このままで良いとすみれは言ってくれたのだ。

なら僕は、僕のままやるべきことをやる。すみれを守り、みんなを助けるためなら、自分がおかしくたって構わない。

僕には、すみれがいるのだから。

ふとすみれに会いたくなった。けれども一つ息をしてその場に留まる。僕にはまだやるべきことがあるのだ。火が収まり次第死体の周辺を調べて、恐らく何の傷もない睦月先生の携帯を見つけ出し、時間を奪うのである。

頭の中で考え直して、静かに呼吸をした。全部計画どおりだ。この補講の時間を狙って吾妻を殺した人間が襲い掛かってくるのも、その人間を殺すことも考えた通りであり、すみれも今頃は図書室にいるはずだ。こういうことがあるかもしれないと予測していたため、いざとなれば谷津先生の所に逃げて欲しいと伝えていた。

そこで懸念《けねん》していたことが頭に引っかかる。

「……すみれになんて言おう」

彼女には、あくまで逃げる先しか伝えていない。ここで僕が人を殺すとは言っていなかった。もし言ってしまえば、きっとすみれは反対するか、僕だけにそんな罪を犯させることを許さず、共に相手を殺すと言い出しただろう。

すみれは臆病だが、一度やると決めれば、とことんまでやり通す人なのだ。七浜さんのリハビリについても、中学の時から毎週のように、欠かさず手伝っているようである。

だがやっぱり彼女は平凡な人間でもある。吾妻や春乃や僕とは根本的に違い、親に愛されて、友達に恵まれて、穢《けが》れや歪みを知らずに生きてきた人だ。

僕はそんな彼女を守りたかった。彼女の手を汚したくなかった。

谷津先生が言っていたみたいに、すみれだけは、早くこの殺し殺されの連鎖の中から抜け出させてあげたかった。

だから、すみれには人を殺すとは言わなかった。

故に助けるならば吾妻でも春乃でもなく、まずはすみれからだ。睦月先生の時間がどれほど溜まっているかはわからないが、吾妻の時間を回収してあるはずだろうし、他にも人を殺していそうなため、多量の時間を持っているはずだ。その時間を使って、まずはすみれが秘密のアプリを手にしたという過去を変える。

もちろんそんなことをすればどうなるかはわかっている。僕は一人になって、すみれは何も知らない人間として生きることになるだろう。彼女が口にしてくれた告白も、アプリが無ければ、無かったことになるかもしれない。

でもそれでよかった。すみれは一緒に頑張ろうと言ったが、彼女を裏切ることになろうとも、僕は一人で戦う。

そうして僕は、水着の上から羽織ったバスタオルの内側で、自分の携帯を握った。

「待ってて……すみ、」

突然言葉が紡げなくなった。何かが喉に詰まったようになり、少しして、せり上がってきたそれが唇の間から零れる。

同時に、胸を貫くような痛みがあった。

「……え？」

バスタオルの前を払うと、僕の胸は、背の方から深々と貫かれていた。口から、血が溢れた。

刹那、背後から一本の手が眼前に伸びてきて、何のためらいもなく、僕の喉へと、その刃を突き込んだ。

八章

七浜勇気

もう我慢がならなかった。

「どいつもこいつも、なんだってそんなに谷津先生を苦しめるんだ」

プールに併設された男子更衣室の前。背中から心臓にかけてと、喉仏から後頭部にかけて、二か所を刺し貫くと、一条はすぐに動かなくなった。彼を打ち捨てて、血に濡れた手を拭う。

そして一条の手の内に握られていた携帯を取り上げ秘密のアプリを開き、画面を見下ろした。

時間は全体の一割ほどしか溜まっていない。三宮が消えたと騒いでいたように、一条たちのアプリへの理解度は先週まで低かった。きっとアプリを手にしてから日が浅かったのだろう。

でも、そんな彼も今やアプリの核心を把握しており、睦月先生をおびき出して殺すまでに至った。

それが気に喰わなかった。そもそもこいつがアプリのことを理解できたのも、谷津先生のおかげなのだ。谷津先生は、もう誰にも争ってほしくないという清らかな願いを胸に、危険を冒してまでこいつらにアプリの話をした。

なのに、結局双葉も、吾妻も、睦月先生も、次から次に死んでいる。

こいつらは、聖母のように優しい谷津先生の想いを踏みにじった。

三年前と同じだ。複数の生徒が争い始めて、谷津先生がいくら止めようとしても聞く耳を持たず、彼女の前で地獄を繰り広げた。

だから俺はあの時、一人残らず殺してやった。谷津先生を苦しめる馬鹿どもなんぞ死んで当然だ。実際ここ数日、谷津先生は気を病んで日に日に体調を崩しており、全く見ていられない。

「谷津先生の言うこと聞いて大人しくしてりゃ良かったのによ。自分の欲で動いてばっかで、どうせまた誰か殺すんだろ。ただの獣だ」

一条の死体を蹴ると、鼻を鳴らし、彼の携帯を操作して時間を奪う。

そうすれば、一条の姿は綺麗さっぱりと消えてしまった。

「だから、誰かが駆除してやらないとな」

ただ、そうやって呟いた時、背後から微かに人の気配のようなものがした。たじろぎ、コンクリートの地面に足の底を擦るようなものだ。

振り返れば、そこには雪月が立っていた。

「何……を……」

言葉を失い、真っ青になった顔色。今にも倒れてしまいそうで、開いた瞳孔が揺れている。

力強く見つめるのは先ほどまで一条の死体があった場所だ。

「いたのか、お前」

声をかけると彼女は大きく身震いをした。長い髪の毛先がガタガタと震えて、吹けば消えてしまいそうなほど弱々しい。ろくに息もできないようで、ひゅうひゅうと喉が鳴る音がする。ひたいや鼻先には玉のような汗が噴き出していて、それが顎先へと垂れていく。

彼女は先ほど、校舎の方に向かって歩いて行ったはず。俺はそれを見てここに来たのだから間違いない。ここ数日、常に一条と行動を共にしていた雪月が単独行動をしていた時点で、何かがあったと判断したのだ。

そうして彼女が来た道とは逆の方に進んでみれば、一条が睦月先生を殺していた。

そこで俺は首を傾げた。

「お前は……どっちだ？」

「え？」

今にも卒倒してしまいそうなほど怯える彼女に歩み寄る。右足、左足と繰るごとに、雪月は威圧されてしまって、見えない壁に押し出されるように後退る。ただその背はプールを囲むついたてにぶつかり、もう下がれなくなる。

彼女を追い詰めると、喉輪を摑み、そのまま雪月の頭の上から繰り返した。

「お前も、人を殺すのか？」

一条が睦月先生を殺したのは事実だ。だが雪月はそこから離れようとしていた。もし彼女も一条と同じように人殺しをしようとしているならば、その行動の意味がわからなかった。

そうして彼女の喉を摑む手に力を入れれば、ひたいを突きつけ、涙を浮かべるその目を見下ろした。

「まさか、そんなこと言わないよな？　なぁ？　人殺しは悪いことだ。人は、殺しちゃいけないんだ。そんなこと、わかってるはずだよな？」

彼女は唇の端から泡を吹き、窒息寸前になっていた。雪月は臆病で大人しい普通の生徒だ。

俺の手を摑んでもがこうとしたが、それも半端《はんぱ》なもので、俺はなおさら彼女の首を絞めた。

するとその一瞬、消えそうになった彼女の眼《め》の光が、力強く煌めいた。

そして、彼女は口の中に残った空気を噛み、微かに発音した。

「この、ひと……ごろし」

次の瞬間、俺の手を摑んでいた彼女の手が離れ、鉤爪《かぎづめ》のようになった五指が俺の顔をひっかいた。眼鏡が弾き飛ばされ、深く両目を抉った痛みに、反射的に体が怯んだ。

「ぎゃあ！」

首から手が離れた一瞬で、彼女は倒れ込むようにして逃げ出した。逃がすまいと振り向きざまに脇腹を蹴り飛ばすと地面の上に転がったが、すぐに立ち上がって遮二無二駆けようとした。

「待て！」

眼鏡を失い、両目を傷付けられたため視界は最悪だった。雪月の背が二つに分かれているように見えて、足元がおぼつかず、距離感がわからなくなる。

だが、それでもすぐに追いつくことができた。そして彼女の背を目掛けて思い切り拳を振るうが、視界が悪いせいで狙いを大きく逸れたそれは雪月の後頭部に当たり、またもや彼女を地面の上に倒れさせる。

それでも雪月は止まろうとせず、すぐに立ち上がり、振り返って、俺を突き飛ばした。思いのほか力が強く、よろけると、その隙に彼女は叫んだ。

「私だって、守られてばかりじゃない！」

興奮してしまっているのか、普段の穏やかさなど欠片もない金切声だ。彼女は側へ向けて手を伸ばすと、何か扉を開いた。

すると噎せ返るような熱気が吹き付けてきて、肉が焦げているような凄《すさ》まじい悪臭が漂い始める。

「一条君が戦うなら、私だって、やらないと。私だって、私だって！」

悲壮《ひそう》な決意のようなものがひしひしと伝わる絶叫だった。ただ視界がぼやけて何が何だかわからずに咳き込んだ時、手を掴まれ、思い切り引っ張られた。

すると、雪月ごと倒れ込んだ。そうすればすぐに体中を熱が包む。

「熱っ！」

かろうじて目を開けると、そこは火の海だった。床の上を走る炎は橙色や青色に揺らめいて、多くのものを呑み込んでいた。倒れたロッカーに、炭になった木板に、大男の死体。もう動かなくなったそれは、出入り口付近にまで這ってきていたのか、黒ずんだ移動跡のようなものがどろどろと滲んで見える。

そんなものからすぐに目を離すと、俺は更衣室から逃げ出そうと起き上がろうとした。だが、仰向けに倒れた腹の上に雪月が馬乗りになってきて、組み伏せられる。

「うわぁああ！」

錯乱したみたいになって、彼女は拳を振り下ろしてきた。一度二度と頭を殴られ、床の上に後頭部を打ち付けられる。その間にも体中が焼かれて、もう理性を保つことなど不可能だった。

「退《ど》け、この！」

そうして乱暴に彼女の髪を摑み、引き摺り下ろそうとするが、雪月は何度も、何度も、俺を殴りつけた。彼女も炎に巻き付かれているというのに、ただ俺を殺すという一心で、全てを投げ捨ててかかってきており、全く振り払えない。

いつの間にか、もう息すらできなくなっていた。あまりの熱気に喉が焼かれたのだろう。声も出ず、意識が朦朧としてくる。

眼球にも煮えたぎるような痛みがあり、背中が溶けて床とへばりつく感触があった。

そうして体が動かなくなる。何も、考えられなくなる。

そんな時にふと思うのは、谷津先生のことだった。可憐《かれん》で、優しくて、多くの人を支えてきた女神のような人だ。

彼女だけは、何としてでも、幸せに。

考えた時、視線の先に何かを見つけた。殴り倒されて、床の上を這うような視線。炎の中に沈む四角い物体。

それは、誰かの携帯電話だった。

九章

一条仁

小学生の頃の渾名《あだな》はエイリアンだった。

みんなに理由を訊くと、お前は気味が悪いからだと言われた。

でも僕はそういうことを訊きたいんじゃなかった。エイリアンという言葉の意味を知りたかったのだ。だからその日のうちに学校の先生に訊いてみると、エイリアンとは宇宙人のことだよと教えられた。

そして先生に宇宙人とは何かと訊いたら、宇宙人とは、この地球が浮かんでいる宇宙に生きている人だよと教えられた。

じゃあ、エイリアンは僕だけじゃないと思った。だってみんな地球に住んでいて、宇宙人だと思ったからだ。

僕とみんなの何が違うのかが、わからなかった。

人と違うことの何が悪いのかが、わからなかった。

でもやっぱり僕は悪者で、先生にエイリアンの言葉の意味を訊いてしまったからいじめがバレて、僕はチクりだって余計に拒絶された。

指を指されて、ぴりぴりとした言葉を向けられて、ものを隠されて、給食に色んなものを混ぜられて、叩かれて、仲間外れにされた。

そのたびにお母さんを思い出した。三年前、まだ僕が小学二年生だったころ、警察に捕まえられていなくなった方のお母さんだ。

みんなに罵《ののし》られるたびに、お母さんの怒声が蘇った。ものを隠されればおもちゃの一つも与えてもらえなかったことを思い出して、給食が食べられなくなればろくにご飯を食べれなかった時を、叩かれれば殴られたことを思い出した。

だから僕は黙っていた。逆らってはいけないから。お母さんにとっては、「お腹が空いた」や「あれが欲しい」と言うことも、泣いたり逃げたりすることも逆らうことだった。

僕は言葉を発してはいけなかった。僕は目を開いてはいけなかった。僕は歩いてはいけなかった。僕にとっては、生きるということ自体が普通の人に逆らうことで、ただそこにいるだけでも強烈な向かい風が吹き付けてきた。そして踵のすぐ後ろは底が見えない崖であり、なんだかみんなが口を揃えて飛び降りろと叫んでいるみたいで、生きることへの逆風がずっと耳元でごうごうと唸っていた。

だから、それ以外は何も聞こえなかったのだ。

「ただいま、お母さん」

「おかえり仁……って、あなたその怪我どうしたの！」

家に帰ると、洗濯物を畳んでいた二人目のお母さんは、手を止めて駆け寄って来た。

「別になんともないよ」

「そんなわけないでしょ！　ほら、泥だらけだし、色んなとこに痣ができてる。早く手当てしなきゃ」

血相を変えて彼女は言った。その後は急いで家に常備してある救急箱を引っ張り出し、僕の傷の手当てを始めた。

その姿をじっと眺めながら、僕は思っていた疑問を口にした。

「どうして僕の傷の手当てをするの？」

そんな僕の言葉に、お母さんは手当ての腕を止めて息を呑んだ。

「どうしてって、子供が怪我をすれば、親として、手当てをするのは当然のことよ」

「でも、僕のお母さんはそんなことしなかったよ」

そう答えると、お母さんはぎゅっと唇を噛み締めて僕を見つめた。しかし、僕にはその感情がわからなかった。悪意や敵意ばかりを浴びすぎて、それ以外のものがみんな理解できなかったのだ。僕にとっての普通は、蔑まれることだった。

「それは、仁の元の両親が普通じゃなかっただけよ。でも、今はもう違うわ。仁はもう、私の子供よ。我が子を心配して、傷の手当てをしてあげることが普通なのよ」

二人目のお母さんとお父さんは優しい人だった。でも僕は、それがどうしてか知っていた。

お母さんとお父さんには、昔、本当の子供がいたのだ。そしてその子はもうどこにもいなかった。だから二人が僕を見つめる時、その熱い眼差しは僕ではなくて、どこか遠くを見ているみたいに見えた。

僕はその子の代わりだった。

それが気になって、つい、尋ねてしまった。

「僕は、本当にお母さんの子供なの？　それとも、僕はお母さんの子供の代わりなの？」

すると、お母さんは凍り付いたみたいに手当てする腕を止めた。

「あなた、なんでそのことを」

「夜中起きた時に、二人が、仏壇に僕と同じくらいの男の子の写真を飾って、お線香をあげてたのを見たんだ。あの子が、二人の本当の子供なんでしょ？」

つらつらとした僕の言葉を、お母さんは息をすることも忘れて聞いていた。でもすぐに深く息を吸いなおして、答えた。

「違う、違うの仁！　確かにあの子は、私たちの子供だけど、でもあなただってちゃんと私たちの子供よ。代わりだなんて、そんなこと……」

段々と声を弱くするお母さんの目には涙が浮かんでいた。でも僕は彼女がどうして泣いているのかがわからなかった。だから、傷だらけの手を伸ばして、お母さんの涙を拭った。

「泣かないでよお母さん。別に僕はなんとも思ってないから。なんにも痛くないよ。代わりだったとしても、こんなに大事にしてくれて、僕はお母さんたちに感謝してるんだ」

その言葉に嘘はなかった。だって僕はどれだけ殴られたり、罵声を浴びせられたりしても平気だったのだ。そのはずだった。

でも気付けば、僕の目からも涙が溢れていた。自分の心がどこにあるのかがわからなかった。なんだか「代わりだったとしても」と言葉にした途端、胸の所が急に苦しくなって、心臓が意地悪な悪魔の手に握りつぶされているみたいに苦しくなった。

その時、僕はエイリアンという言葉の意味を理解してしまったのだ。エイリアンは宇宙人という意味でも、人と違うという意味でもなかった。

エイリアンとは、この世にいない存在という意味だった。みんなが言うエイリアンとは空想上の存在で、一条仁という人間は、この世にいなければいい存在であり、誰かの代わりにならないと生きてはいけない人間なのだ。

その時、初めて胸が痛いと感じた。もう、僕は平気じゃなかった。

しかし平気でいなければと思って、咄嗟に俯いた。両手で必死に涙を拭って、感情を抑えつけようとした。

「泣いちゃって、ごめんなさい。すぐに泣き止むから、一人で泣き止むから、逆らわないから、ちょっと待って」

すると、突然お母さんが迫ってきた。殴られると思って、体が本当に小さく震えた。

だがお母さんは、殴るのではなく、僕を抱きしめたのだった。それは僕が知らない暴力だった。お母さんの手には強く力が込められていて、僕を押し潰さんばかりだった。

「ごめんね、仁。あなたを助けてあげられなくて。あなたを普通にしてあげられなくて」

「……お母さん？」

目の前にいる人間が何を考えているのか、エイリアンである僕にはわからなかった。本当に全く理解できないのだ。全部僕が知らないことで、聞いたこともない言葉で喋られてるみたいだった。

そんな僕のひたいに、お母さんは優しくキスをしてくれた。

「だけど、もう大丈夫なの。痛いのは普通じゃないの。痛くないのが普通なの。だから、痛くないなんて言わないで」

お母さんの声は震えていた。

「あなたは、誰よりも痛い思いをしてるはずなんだから」

でも、やはり、僕にはその言葉の意味がわからなかった。

そうして僕は、普通になりたいと思うようになったのだ。

お母さんの言葉の意味を知りたかったから。

この世に、僕として、生きていたいと思ったから。

◇

気が付いたら、僕は濃藍色《こいあいいろ》の夕闇空を眺めていた。

低い所に浮かぶ白雲は厚く、団子のようになっていた。そんな雲たちは、夏だというのに暑苦しくおしくらまんじゅうをしていて、付かず離れずを繰り返していた。そして時折、雲と雲の隙間から、気の早い一等星たちがこちらを覗き込んできた。

一体何を窺っているのだろう。早く夜になれと念じているのだろうか。確かに今は夏で、昼の時間が長く、星たちはきっと窮屈な思いをしているだろうから、ああやって気を急かしてしまうのも理解できた。

しかし理解すると同時に、何かが頭の中で引っかかった。

「あれ、僕……」

起き上がり、記憶を探る。なんだか長く眠っていたような気がして、頭の中がごちゃごちゃとしていた。だがそれでも、自分の胸から突き出る凶器の切っ先と、ほぼ同時に喉元目掛けて迫ってきた刃をすぐに思い出す。

そう、僕は確実に殺されたはずだった。しかと刺されたところまで鮮明に思い出すことができ、自分の死を確認しなおす。そうして胸元や首に触れてみるが、傷などは一切なかった。

一体何が起こったのか。睦月先生を殺した後、僕は確かに、誰かに殺されたはずだった。でも、こうして生きている。

考えたながら辺りを見回すと、自らの体のすぐ横に、携帯が落ちていることに気付いた。それを拾い上げると、秘密のアプリの血色のバナーが降りてきた。

辺りを確認し、人がいないことを確認してアプリを開くと、すぐに異変に気が付いた。

「時間が……なくなってる」

僕のアプリには、多少ではあれど時間が溜まっていたはずだ。だが今は、砂粒一つ残らず時間が失われており、砂時計の中は空っぽである。

一体なぜなのか。答えはすぐに思いついた。僕を殺した人間が、僕の時間を奪ったのだろう。そもそも僕を殺した相手の動機が、時間を奪うためくらいしか思い浮かばない。

すると次に生じる疑問は、なぜ僕は消えていないのか、ということである。

段々と意識がはっきりしてきて、頭が回り始める。まずは現状の分析だ。僕が誰かに殺され、時間を奪われたところまでは確実だ。ならば、その後何があったのか。

まずは携帯で時刻を確認してみる。僕が睦月先生を殺した辺りからまだ殆ど時間が経っていない。

――なら、僕を殺した人間が、まだ近くにいるかもしれない。ひとまず考えるのは後だ。ここを離れて、すみれと合流した方が……。

考え至り周囲への注意が強くなった時、違和感を覚えた。何か根本的な所を見落としている気がしたのだ。

一度、二度と辺りを見渡し、すぐに気が付いた。

目の前にある男子更衣室が、妙に静かなのである。

僕が殺されてから殆ど時間が経っていないのならば、睦月先生を襲う火の気配はまだあるはずだ。

――睦月先生は、どうなったんだろう。

立ち上がり、もう一度辺りを警戒しながら、恐る恐る更衣室の扉へと歩み寄る。そっと手を伸ばし、ドアノブを摑むと、ひんやりとした冷たさがあった。

中は、やはり静かだ。

目を細め、十分に気を張りなおすと、僕はゆっくりと扉を開こうとした。

だが、一寸ほど腕を引いた時だ。

「何……？」

僅かに覗く扉の隙間から、異臭が垂れ流されてきたのだ。なんだか肉や血が焦げたようなおどろおどろしい匂いで、僅かに顔をしかめてしまう。

睦月先生のものだろうか。そうして扉の隙間から中を覗き込んでみると、僕は、立ち尽くした。

「……は？」

思わず口が半開きになり、茫然としてしまう。気を抜いてはいけない状況だとわかっているのに、目の前の光景から目が離せなかったのだ。

更衣室の中は何事もなかったかのように綺麗だった。ロッカーも、木の床板のどこにも、燃えたような痕跡はない。

そんな更衣室の中で、入り口に近い辺りに、死体が転がっているのだ。

数は、二つ。

傍目《はため》から見てもわかるのは、片方が片方に馬乗りになり、組み伏せているような図であることだ。死体は両方とも、全身が半端に焼けてしまっており、どろどろと爛れた皮の中から、黒ずんだ肉や血の塊が覗いている。組み伏せられた方は体の大きさを鑑《かんが》みるに男性だろう。残った服の切れ端は白衣のようなもので、どこかで見覚えがある気がする。

けれども、僕の目を釘付《くぎづ》けにさせたのはもう一方だった。組み伏せた側。小柄であり、細い四肢の輪郭を見るに、明らかに女性である。特に制服と思《おぼ》しき服の一部を身に着けており、僅かに残った黒い髪の毛が背中の辺りまで届いている。

何より、そんな彼女の手の内に握られた新品同様の携帯には、見覚えがあった。

「……すみれ？」

ついて出た言葉は震えていて、まるで自分の声ではないみたいだった。その死体を前にして、僕は明らかに動揺していた。立っていることすらもできず、倒れそうになったのを、扉を掴んで踏みとどまる。

そうして息を整え、二つの死体へと近寄った。女性の死体の方はこちらに背を向けていて、希望がある様に思えたのだ。いや、希望を持ちたいと思っていた。

だが、こういった嫌な予感は、得てして当たるものである。

その死体の前へと廻《まわ》り込めば、半分だけ残っていた顔は、明らかに、すみれのそれだった。

「なん、で……え、すみれ……？」

信じられなくて、僕は尻餅《しりもち》をついてしまった。体から力が抜けてしまう。その時、弾みでつま先が彼女に触れたが、すみれはなんの反応もしなかった。

彼女は、死んでいた。

「図書室に行ってたんじゃ……どうして、ここに」

全身の毛穴が開き、脂汗が噴き出るのを自覚する。そして目を落とすと、すみれが組み伏せていた男性の死体が目に入った。

それは七浜先生だった。中途半端に焼け残った顔の輪郭や衣服は間違いなく彼のものだ。

そして彼の傍《かたわ》らにも、真新しい携帯が転がっていた。

手を伸ばし、それを掴むと、ロック画面に血赤のバナーが表示される。

七浜先生も、アプリ保持者だったのである。

それで、おおよそのことが、予測できてしまった。

——僕が死んでからそう時間が経っていなくて、二人の死体がある。すみれが馬乗りになって襲い掛かってるみたいだ。そして、肝心なのは……。

「睦月先生の死体が、ない」

更衣室のどこにも、あの巨体は転がっていなかった。そもそも備品の全てに燃えた痕跡がないのだ。二人の死体が、半端に焼け残っているというのもおかしい。

ならば、答えは簡単だった。あの火は睦月先生を殺すために放ったものだ。逆に言えば、睦月先生がいなければ、無かったものである。

つまり、何者かが睦月先生の時間を奪ったため、火があったという時間が消去されたのだ。だから、二人の体はついさっきまで燃えていたような、中途半端な具合でそこに在るのだろう。記憶と同じだ。火があったという時間がなくなったとしても、二人はアプリを持っていたため、二人が焼けたという時間は無くならなかったのだ。

そうなれば、誰が彼の時間を奪ったのか。僕が死んで殆ど時間が経っていない現状を鑑みれば、きっとこの二人のどちらかだ。

再び二つの死体へと目を向け、僕は悟った。七浜先生の携帯は彼の傍らに落ちているというのに、すみれは、しっかりと自分の携帯を握りしめているのである。それも、画面に触れていて、何かを操作していたみたいにも見える。

息を呑み、彼女の手の内からそっと携帯を抜き取ると、アプリのバナーが表示される。タップし、画面に表示された文面を見ると、僕は全てを理解した。


あなたの望み通り、溜まった時間を用いて、一条仁が死んだという過去を改変しました

僕が生き返ったのは、すみれが時間を使って僕を助けてくれたからだった。そしてきっと、すみれが時間を使えたのは、睦月先生の時間を奪ったからだろう。

じゃあ、そもそもどうして彼女がここにいるのかと言えば、きっと、僕を一人にしないためだ。恐らく図書室に向かう途中で、僕のことを置いていけないと思いなおし、戻ってきたのだろう。彼女はそういう人だった。

結果、恐らく僕を殺した七浜先生と鉢合わせ、取っ組み合いになったのだ。小柄な彼女では大人の男性である七浜先生に勝てず、何とか燃え盛る更衣室の中まで引き摺り込み、道連れにしたのだろう。

そして死の間際、更衣室の中にあった睦月先生の携帯から時間を奪い、咄嗟に僕を蘇らせたのだ。

「君は……どうして」

すみれの手を握りしめた。時間が溜まり、使うだけの暇があったなら、自分を助けることもできただろう。だがすみれは、それをせずに僕を助けたのだ。

そんなすみれの行動が、理解できてしまった。

もう僕は普通になれたのだ。

すみれは、それだけ僕のことを大切に思っていたのだ。

「……どうしてそんなに、優しいんだ」

草太を惨殺した吾妻の姿を見ても侮蔑せず、理解しようとして、嘆き苦しむ谷津先生を前にしても、自分だって怖いのに励まそうとしていた。僕を相手にしてもそうだ。僕の全てを受け入れてくれて、大丈夫だと認めてくれた。

彼女はこんな地獄のような状況でも、ずっと、最後《さいご》まで、人のことを思っていたのだ。どれだけ怯えて、怯んで、迷おうとも、勇気を以て選択をし続けた。

そして、死んだのだ。

「すみれ……すみれ……っ!」

大切なものを失った寂しさで息ができなかった。小学校の時、唯一泣いてしまった時のことを思い出す。あの時はお母さんの腕の中にいてもなお、自分がどこにいるのか、どこにいるべきなのかもわからなくなって、こんな大きな宇宙の中で迷子になったエイリアンのように、孤独の中で泣いていた。

そしてまた、僕は孤独になった。これまで普通のことで、平気だったはずなのに、一度温《ぬく》もりを覚えてしまうと、それが忘れられなかった。

寒くて、寂しくて、おかしくなりそうだった。

だから気付けば、僕はお母さんがしていたみたいにすみれを強く抱きしめて、その焼け爛れたひたいにキスをしていた。

口の中には苦みばかりが広がる。血や脂や焦げた皮膚の味だ。だが僕はためらいなくその味を舌で搦《から》め捕り、口の中に含むと、よく噛み、ゆっくりと呑み込んだ。

胃の中に彼女が落ちていく感覚が、寂しさを紛らわせてくれた。

寂しさとは飢えのようなものなのだ。どれだけ満たそうとも、必ずいつかまた寂しくなる。そして満たされれば満たされるほど、胃が大きくなるように、飢えの痛みも増していく。

何より、食べなければ生きていけないように、寂しければ心が乾ききってしまう。

折角普通になれたのに、生きていたような気がしたのに、死んでしまう。

それは、駄目だ。

「約束したよね。みんなを助けるって」

彼女を見つめた。その姿を目に焼き付ける。自分の口の周りにべっとりとついたすみれの血は舌に絡みつき、ぬるぬるとしていて、滑らかに口が回る。

「すみれもきっと助けるよ。だから少しだけ待ってて。ちゃんとやるから。すみれに貰ったこの命で、絶対に、生きるから」

そうして僕の目は彼女から滑り、床の上に転がる七浜先生の携帯へと落ち着く。

「どんな手を使ってでも、今度こそ、必ずみんなを助けるよ」

十章

谷津峯子

生きている心地がしなかった。

図書室横の書庫の中で、私は一人椅子に座り、俯いていた。もう陽は落ちていて、こんな時間に図書室に来る人間など一人もいないのに、私はずっとその場に座っていた。

いいや、誰も来ないからこそそこにいたのだ。ここ数日、三宮さんが消えたことを皮切りに、立て続けに人が殺されている。数年前と同じだ。一度始まれば、全員が死に絶えるまで止まることはない。

当然、そうなれば心配になるのは一条君と雪月さんのことだった。二人はすでに殺し合いの渦中《かちゅう》にいて、命を狙われている。明日の朝になれば、学校からいなくなっているかもしれないのだ。

私は一体、どうすればよかったのだろう。そんな悩みがずっと私の喉を絞めている。みんなにアプリのことを打ち明けたことが間違いだったのか、それとも吾妻さんを止めに行こうとした二人を、摑んででも引き留めるべきだったのか。自分たちの身を守ると報告に来た時、遠くに逃げるべきだと言った方が良かったのか。

何もわからなかった。私はただ静かに生きていたいだけだったのに、誰にも争ってほしくないだけだったのに。

ポケットから携帯を取り出し、秘密のアプリを開く。時間はもう八割方溜まっていた。学生の頃にアプリを手にしてから、ひっそりと、こつこつ時間を溜め続けてきたのだ。

自分の過去を変えるために。

中学生の時、複数の大人の男に暴行されて、気を病んでしまい、引き籠もってしまって、青春も何も棒に振ってしまった過去を変えるために。

だが、そうやってアプリに頼ろうとしていること自体にひどい嫌悪感が湧いてきた。結局私も自分の欲望のためにアプリを使おうとしているのである。多くのことを見て見ぬふりをして、我が身可愛さが第一であり、一条君と雪月さんが一緒にと言ってくれたのに、何も答えられなかった。

私こそが傍観者だった。自分の手は汚れていないが、それは誰にも手を差し伸べていないからだ。ただ私にできることはしたと言い訳をして、地獄に呑み込まれているみんなを、この図書室から眺めているだけだ。

「……じゃあ、どうしろって言うの。私もここから出ていって、誰かを殺せば良いの？　殺されるかもしれないのに？」

抱えきれなくなった言葉を吐き出した。醜い吐瀉物《としゃぶつ》だ。強い酸性を含んでいる言葉は喉や唇を痺れさせて、悪臭すらも放ちそうなほどだ。そして一度吐き出してしまえば、もう二度と飲み込めない唾のようであり、自分がどれほどの偽善者であるかが身に染みてわかった。

そうして私は奥歯を食いしばり、携帯を握りしめた。

「こんなものが、あるから、私は！」

投げ捨てようとして、でも、振りかぶった体勢から動けなかった。そんなことをしても意味がないとわかっており、何より、過去が変えられるなら、やはりアプリを使いたいと思っている自分がいることに気付いていたのだ。

これまで実に八年間、ずっと時間を溜めてきた。アプリを手にした時はまだ引き籠もりだったが、アプリがあるからと希望が持てて、こうして外に出て仕事をしようと思えた。そして今は、あの人とも出会えた。

七浜勇気先生。気さくな所がある紳士的な人であり、賢くて、よく生徒のことを気にかけている。それに自分にも他人にも厳しい人でありながら、そこには確かに優しさと誠実さがあるのだ。

生徒たちには私たちが付き合っているのではないかと噂されているらしいが、まだそこまでには至っていない。けれども、私はそうなれたら良いと思っており、きっと向こうもそう考えてくれているはずだ。

先日、三宮さんや一条君と勉強会をしていた時、七浜先生に、デートに誘われたのである。

彼は不器用な人だった。しどろもどろになり、顔を真っ赤にして、何度も言い間違えながら、以前私が行きたいと言ったことがある市街の水族館のチケットを渡してきてくれたのだ。男の人は今でも怖いが、でも、彼だけは信じられると思えた。アプリしか希望がなかった私の人生に、新しい希望を与えてくれた。

だからそんな七浜先生との関係に励ましてもらおうと、鞄の中に入れている長財布を取り出す。失《な》くさないように、チケットは常にこの中に入れて持ち歩いているのだ。

そうして長財布の口を開けば、けれどもすぐに、自分の目を疑った。

「……無い？」

息が詰まった。長財布のポケットに入れていたはずの水族館のチケットが消えて、い、る、のである。

どこかで落としただろうか。思わず立ち上がり、書庫の中を探し回るが見当たらない。ならば家か、それともどこかで財布を使った時に失くしてしまったのだろうか。

――いや、でもちゃんと気を付けていたはず……。

考えながらも、気が沈んでしまっていた。もしこのまま見つからなければと考えると、申し訳が立たない。それにアプリを巡る殺し合いや、罪悪感から逃避しようとしていたために、余計虚《むな》しくなった。

「……帰ろう」

呟いて、帰り支度を済ませ、書庫の鍵を閉める。いつも通りだが、日に日に疲労度が増す行為だ。気を患《わずら》いすぎてここ最近は体調が悪く、体を動かすことにすら抵抗を感じていた。全身が固まってしまったみたいで、ひどく疲れてしまって、どうにも動きにくく感じることがあるのである。

そうして一層猫背になり、今度は図書室の窓の鍵を確かめようとした時だった。

扉が開く音がした。

建て付けの悪い引き戸。亡霊の笑い声みたいに不気味な滑車の音が、がらがらと鳴り、図書室内の静寂を崩してしまう。

振り返ると、図書室の入り口の所に、一人の男子生徒が立っていた。

「……一条君？」

平均的な身長で、特徴的な癖っ毛。それに何より、彼が纏う特有の雰囲気というか、時計の針のようにいかなる時も淡々としている佇《たたず》まいが見て取れる。

一条君は顔を上げた。

「谷津先生、良かった、まだいらしたんですね」

その声を聞いて、私は思わず後退った。静かな闇の中に反響する彼の声に、いつもの無機質さだけではなく、肉感的な温度のようなものを感じたのだ。

「え、ええ、でももう帰るところよ」

なんだか彼の目は、ひたすらに黒かった。辺りにある闇色とは、あくまでも明かりがないだけの暗い影の色であるが、一条君の瞳は正しく黒色であり、周囲がどんな色であろうと、はっきりと輪郭を持って存在を主張するような異質な艶《つや》を帯びていた。それになんだか、ハサミや包丁といった刃物の切っ先じみて鈍く輝く様から目が離せない。

「一条君は、どうして、こんな時間に？」

得体のしれない嫌な予感がした。だから焦りを隠すためにも喋ろうとして、すぐに気が付いた。

「雪月さんはどうしたのかしら？　基本的に二人でいるっていう話だったと思うんだけれど」

雪月さんの名前を出した時、一条君は一つ瞬きをした。すると瞼に拭われた眼球はさらにぎらぎらと光沢を帯びた。

「谷津先生に用事があって、すみれには待ってもらっているんです」

「用事？」

「はい……大切な用事です」

告げて、一条君は後ろ手に扉を閉め、がちゃりと鍵をかけた。

「……え？　どうして、鍵を」

尋ねようとすると、彼は静かに、されど確実にこちらに向かって足を踏み出した。それは一歩、二歩と進むごとに速くなっていって、据わったような黒い眼差しがぴたりと私に定まっている。そうして無言で迫ってきた彼を前に、頭の中でトラウマがフラッシュバックする。

中学生の頃、とある男性に追いかけられて、捕まえられて、攫われたこと。車の中には男の人が何人もいて、囲まれて、押さえつけられて、獣みたいな目つきでみんな私を見下ろしていた。

今の一条君の目には、それに似たようなものを感じた。それも、もっと深くて、もっと悍ましいものである。

なんだか、私を殺そうとしているような、そんな目なのだ。

「こ、来ないで！」

過去を思い出して、思わず叫ぶが、それでも彼は止まらなかった。そして鞄の中からぬるりとナイフを抜き放てば、もう私は怖くて、怯えてしまって、腰を抜かしてしまった。

そうして尻餅をつくと、彼は間髪入れず乗りかかってきて、私の胸目掛けてナイフを振り下ろした。

「あ、あぁッ！」

口から血を吐き、悲鳴を上げる。咄嗟に抵抗しようとするも、容赦なく殴りつけられ、折れた歯が床に転がった。

「な、なん、なん、でっ」

辛《かろ》うじて言葉にすると、彼は私を押さえつけたまま、いつもと変わらない無表情で言った。

「先生の時間を奪うためですよ。そして、先生を助けるためです」

「たす、け？」

「はい、僕、気付いたんです」

一条君は、今度は私の肩にナイフを振り下ろした。肉や魚や野菜でも切るような、何のためらいもない勢いで、私は絶叫してしまった。

それでも彼は止めなかった。

「アプリがあるからいけないんです。普通になるっていうことは、生きるっていうことは、理想の自分になるってことじゃなくて、自分を認めるっていうことなので。自分じゃないものになろうとするから、欲が生まれて、人は人を殺すんです。誰かのためなら、理想の自分のためなら、他人であっても、自分自身であっても、人は平気で人を殺せるんです」

彼は続けた。

「でも、それは間違いだ。だから僕は、全部元に戻すんです」

血や脂でナイフの切れ味が悪くなったのか、一条君はそれを投げ捨てた。そして血だらけの右手で、ためらいなく私の首を摑んだ。血や痛みや気持ち悪さがこみ上げてきて、私は反射的にもがいた。

だがかまわず一条君は私の服のポケットに手を入れると、携帯を取り出した。

その瞬間、私は思わず叫んでしまっていた。

「だ、め、だめ、おねがいっ……やめてェ！」

それは無様で、滑稽で、醜悪だったにちがいない。一条君が取り上げた携帯に手を伸ばしつづけた。まるで幼い子供が親におもちゃを取り上げられて、駄々をこねているみたいだっただろう。

「わたし、の、じかん……ッ！」

私は、アプリを欲して、泣いていたのだ。

「かえ、して！」

そこで彼は、ようやく私を見下ろした。

その目は、ただただ、緻密に黒く、静かだった。

「先生はこんなものに頼らなくても、優しくて、賢くて、好かれていて……愛されているじゃないですか」

その言葉で、瞬間的に七浜先生のことを思い出し、私が伸ばしていた手は、硬直した。

「人と違うことは、悪いことではありません。本当に悪いのは、人と違うものを悪いと言うことです。人と違ったとしても、どれだけ苦しかったとしても、何度足を止めたとしても、自分や人と向き合えば、きっと乗り越えられるんです」

私の携帯を操作し、アプリを開くと、彼は砂時計をタップした。提示されるのは、私の時間を奪うか否かの選択。

その画面に指を下ろすと同時に、彼は告げた。

「まず、一人」

エピローグ　七浜亜美

忌々《いまいま》しいほどに夏だった。

なんだってこんなに太陽は張り切っているのだろう。力強く照りつける熱視線はじりじりと私の体を焼いていて、次から次に汗が滴る。特に私は、歩くためには杖が手離せず、もう片手には手荷物を持っていたため、日傘の一つも差せないのだ。

「クソ暑ぃ」

私が歩いているのは、自宅周辺の住宅街にある坂道であった。大空へ向けてまっすぐと延びるアスファルトの上では陽炎《かげろう》が揺れており、奴らは道を往く人の下半身に絡みついては、文字通り足を引っ張り、気を滅入らせていた。だからこそ余計強く、奴らを叩き潰すように強く杖をつき、えっちらおっちらと歩き続けた。

中学三年生の時、下校中に交通事故にあってから、満足に歩けない体になったのだ。最初はあまりにも大きな絶望に途方に暮れていたが、幼馴染みで親友であるすみれが励ましてくれて、ここまで回復できた。

あれからもう四年である。高校を卒業してから最初の夏。未だ連絡を取り合っている中学や高校での友人たちは、それぞれ浮かれているみたいで、髪を染めたり、恋人を作ったりと様々だ。

本当に、忌々しい夏である。

「どいつも、こいつも……こんにゃろう」

同い年くらいのカップルとすれ違って、悪態を吐くが、それでも私はかぶりを振って歩き続けた。

そして目的地である喫茶店に辿り着くと、重厚感のある木製のドアを押し開く。ドアベルの音が軽やかに鳴り響き、カウンターにいた顔見知りのマスターが振り返った。

「ああ、亜美ちゃん、こんにちは」

「おうおっちゃん、すみれいるか？」

「いや、まだ来ていないよ」

壁にかけられている古時計に目をやると、約束の時間までまだ大分余裕があった。

「待ち合わせかい？　その荷物は？」

おっちゃんは私の左手に提げられた紙袋を見下ろす。その問いかけに、私は肩を回して凝りをほぐしながら答えた。

「ん？　ああ、昨日まで婆《ばあ》ちゃんとこ帰っててよ。そんで大量にスイカ渡されて、母さんが持ってけってうるさくて。で、なんかあいつはあいつで私に相談したいことがあるみたいで、ここで落ち合う約束なんだ」

古民家を改装した店内には、まばらに人が座っていた。どこかで聞いたことがあるような、洒落《しゃれ》た有線のクラシックがゆっくりと流れており、涼むには良い場所である。

そうして空いている席に適当に腰掛ければ、柔らかい喋り方をするおっちゃんに適当に注文をして、一つ息を吐いた。

その時、店内のどこかから、こんな言葉が聞こえた。

「ねえ、秘密のアプリって知ってる？」

声がした方に目を向けて見れば、なんだか高校生くらいの男女が集まっており、仲睦《なかむつ》まじそうに話していた。

「知ってる、あの過去を変えられるってやつだろ？」

「そうそう、だからどんな夢も叶えられるんだって」

「でもどうせ噂話じゃない？」

それはあくまでも雑談である。休日の昼間らしく、街角に集まった小鳥が風の噂を囁き合っているみたいな、そんなものだ。

だから私は、内心呆れたように考えた。

——噂話じゃないんだよなぁ。

なぜそう思ったかといえば、単純な話である。

私も、秘密のアプリを持っているのだ。

あれは二年前のことだ。リハビリの合間の休憩中に携帯を開くと、見知らぬ血赤のバナーがロック画面に表示されて、いつの間にかアプリがインストールされていた。

もちろん最初は半信半疑であったが、チュートリアルを読み込み、色々と試していくうちに、そんな疑問も失せてしまった。

そして今は、アプリの忠告の通り、誰にも気付かれないようにこそこそと時間を溜めているのである。

目的は一つだ。

——時間を溜めたら、あの交通事故のことを……。

私がバレーを諦めざるを得なかった、中学生の時の悲劇。今もその後遺症のせいで満足には歩けない。

だがアプリを使いさえすれば、私は、本当の自分になれるのである。

無論、今の自分が偽者だとは思わない。血がにじむような思いをして歩けるまでリハビリを続けたし、今は今で友達もたくさんいて、それなりに楽しく暮らしている。実際バレーをしていた頃は、こういったなんでもない日々というものにどこか憧れていたりもした。

でも、時が経てば経つほど思うのだ。もしあの事故がなければ、今の自分はどうなっていたのだろう。

バレーをしていた頃にライバルだった奴は、今や全日本のユースである。反面私は夏に外を歩くのにさえ苦労して、やっぱりどこに行っても、気を遣われてばかり。

もし、あの時事故にさえあっていなければ。

考えると同時に、軽快なドアベルの音が店内に響いた。

振り返ると高校の時から変わらないままのすみれが立っていた。

「あ、亜美ちゃん！」

こちらに気付くなり、ぱたぱたと近づいてきた彼女はいかにも小動物らしく、可愛らしかった。化粧も薄く、大学生になっても垢抜《あかぬ》けられていない素朴な少女である。

「ごめん、待たせちゃった？」

「いいや、さっき来たばっかだよ」

彼女はほっと胸を撫で下ろし、私の向かいに座った。そしておっちゃんにレモンティーを注文する。

そんな様をぼんやりと眺めながら、私はやはり交通事故にあった時のことを思い出す。あの時すみれを助けて、それから、彼女はずっと私の傍にいてくれた。

では逆に、あの事故がなかったとしたら……私は、こうしてすみれと一緒にいれただろうか。

「亜美ちゃん？　どうしたの、ぼーっとして」

すみれに尋ねられて、首を横に振った。

「ん？　ああ、いや、えっと……お前は変わんねえなって思って」

「もう、何それ。ていうか、私高校生の時より五ミリも身長伸びたんだよ」

抗議するように口にして、すみれはむくれた。彼女とはあの交通事故以来、少しだけ距離感が縮まったような気がする。

「そうか？　そら良かったな。じゃあ来年には、私は抜かれちまってるか？」

「あ、意地悪言った！　そんなこと思ってないくせに」

「あっはっはっは！」

思わず笑ってしまうと、すみれは拗ねたようにそっぽを向いた。だが心なしか、それがどこかいつもの軽口の時以上に傷付いているみたいに見える。

「どうせ私は、子供っぽいままだよ……」

「お、おいすみれ？　悪かったって、そんなに気にすんなよ。大体、お前はそら背は低いが、しっかりしてるだろ。そんで、その……今もまだ背が伸びてるなら、まだ伸びるかもしんねぇし、他には……」

思いのほかへこんでしまったすみれに対して、慌てて訂正しようとする。するとすみれは、口の端を緩めて言った。

「じゃあ、ケーキ一個奢ってくれたら許してあげる」

「へ？」

「ほら、大きくなるためには、ちゃんと食べないとでしょ？」

そうしてちゃっかりと笑った彼女は、得意気になっていた。そこで、私は騙《だま》されたと理解した。

「こんにゃろ……」

「ふふっ、亜美ちゃんって優しいよね」

さっさと追加のケーキを注文すると、すみれは悪びれる様子もなく言った。こいつは意外にも肝が太いというか、臆病に見えて、胆力があるのだ。

「ったく……じゃあ、スイカももっと持ってくりゃよかったな」

口を尖らせ、スイカが二玉入った紙袋を渡すと、彼女は目に見えて顔を明るくさせた。

「わぁ、ありがとう。お母さんとお父さんも喜ぶよ。今年も立派だね」

「おう、婆ちゃんにも言っとくよ」

そうしてすみれがスイカを覗き込んでいる様を眺めていると、ぴろりん、と軽快な電子音がした。すみれの携帯のようだ。

「誰だ?」

尋ねると、彼女は「ごめんね」と断り、画面を操作して、メッセージの内容を確認した。

「高校の時からの友達みたい。春乃ちゃんっていってすごく良い子なの。それで今、その子の親友の結衣って子とお買い物するから、来ないかだって」

文面を読みながら、すみれは続けた。

「それで買い物の内容が……高校の時の先生が結婚することになったから、そのための小物を揃えようって話らしいよ。図書と生物の先生みたいで……そういえば、生物の七浜先生は亜美ちゃんの親戚じゃなかったっけ？」

「そうだが……まじかよ、あのおっさん結婚すんのか」

勇気は確かに私の親戚だ。根は真面目で、なんだかんだと面倒見がよく、気さくな人だった印象だ。だが、どこか怒ると危ないというか、思い込みが激しいというか、他にも趣味で動物の剥製《はくせい》を作っているところなんかが不気味で、私は彼のことが苦手だった。

だが、そんな勇気でも結婚するとなれば、いよいよとため息が溢れる。

「どいつもこいつもいちゃこらしやがって」

その時、思い出した。

「そういえば、お前は一条とどうなんだ？　中学の時から惚れてただろ？」

するとすみれは、顔を真っ赤にして、即座に俯いた。

「そ、それは……」

「……まさか、何も進展してねえのか？」

恐る恐る尋ねると、彼女は俯いたまま指いじりを始めて、口元をまごつかせた。

「その……えっと……そうじゃなくて、むしろ逆というか」

「逆？」

彼女は真っ赤な顔のまま言った。

「今度、で、でで、デートに誘われて……」

「は？　向こうからか？」

「う、うん……」

曖昧に頷いた彼女は、いかにも甘そうな顔をしていて、しきりに目を左右に泳がせていた。

それを見て、まさかと思いつく。

「私にしたい相談って、それか？」

尋ねると、彼女は素直に、こくりと頷いた。そして勢いよく立ち上がると、「とりあえず！」

と叫んだ。

「は、春乃ちゃんと結衣ちゃんに、返事してくるね！　それからまた話すから！」

一方的に言いつけ、すみれは喫茶店のテラス席の方へと逃げてしまった。まさに小動物みたいと言うべきか、こういう時の逃げ足は速い奴だ。

「そんな調子で大丈夫か……？」

呆れ果てながらアイスコーヒーを口に含み、息を吐く。それにしても、一条の方から誘ったというのは驚きだった。

私が知っているのは、あくまでも中学時代の彼である。少し周りと違って、独特なところがあり、誰かに惚れているところなど想像もできない。

そうして疑問に思っていた時、みたび、ドアベルの音が鳴ったのだ。

入ってきたのは二人組の男だった。片方は大柄で筋肉質であり、いかにもスポーツをして日焼けしているような肌である。

そしてもう一人には、見覚えがあった。

すると私の視線に気が付いたのか、彼もまた、こちらを見つめて、言った。

「七浜さん？」

そこには、一条が立っていた。中学生の頃から少し背が伸びており、細かった体には程よく筋肉がついている。髪は短くなっていて、特徴的な癖毛もある程度整えられていた。

「知り合いか？」

「うん、先座ってて、草太」

連れに断ると、一条は静かにこちらへと歩いて来た。

その時ふと、違和感を覚えた。

――なんか……こいつ、ちょっと変わったか？

四年も経っていれば、むしろ多少の変化はあるだろう。だが妙に友好的というか、こちらを見つめる眼差しには言葉にしづらい肉感のような湿り気がある。鳴る足音は静かだが、それは彼らしい存在の希薄さがにじみ出ているのではなく、意図的に音を立てないようにしているような、微かな癖のようなものを感じた。

そう、癖である。私は満足に歩けなくなってから、他人の歩き方を無意識に見る癖がついた。例えば歩く時、利き足の方が僅かに歩幅が広かったり、腕の振りが左右にぶれていたり、目線が上下していたりと、人によって様々だ。

そういった意味でも、一条の歩き方はあまりにも消極的で、そこにいるのにどこにもいないような透明感じみたものを纏っていた。例えるなら、それこそ道上でたむろする陽炎や、雨と晴れの境目であったり、鮮やかな虹の橋の足がついている場所のような、実際に目にすることはできないのに必ずどこかにはありそうな幻じみたものだ。

また、もしかしたらそれは、能ある鷹が隠している爪とも言えるかもしれない。

「久しぶりだね、七浜さん」

「おう、一条。中学以来だな」

そして私は、とりあえずと切り出した。

「すみれをデートに誘ったんだって？　丁度今その話しててよ、お前あいつに気があったのか？」

すると彼は、蕩けるようにそっと微笑んだ。

「うん、好きなんだ、すみれのこと」

あまりにも素直な言葉に、私は面食らってしまった。そう言った一条があまりにも幸福的で、人間味に溢れて見えたからだ。

「……へぇ、そら何かきっかけでもあったのか？」

「きっかけ、か。ある時ね、すみれに会えなくなったことがあったんだ。その時に凄く寂しくて、無性に会いたくなったからだね。だから最近になって、ようやく色々と整理ついたし、ちゃんとすみれに向き合おうと思ったんだ」

すらすらと述べた彼は、さも自分の行いが正しく、清らかで潔癖であることを誇る様にそう言った。

「それで、すみれは？」

私の向かいに置かれたレモンティーとケーキと空いた席を見て、一条は言った。

「ん？　ああ、高校の時の友達から連絡が来たみたいで、ちょっと席外してる。春乃とか、結衣とかって言ってたな。なんか教師たちの結婚式がどうこうって言ってたぜ。お前も知ってるのか？」

尋ねてみると、その時だった。

「……へえ、そっか。うん、知ってるよ……みんな元気にしてるんだね」

薄く笑った彼の顔は、端的にいえば怪物のようだった。

というのも、完璧なるピエロの化粧に水が滴り、濃ゆいアイシャドウや口紅がどろどろと溶け堕《お》ちて、その素顔の一端が垣間見えたような、なんだか見てはいけないものを見てしまった気になって、私はすぐに目を逸らした。

そして気付くと、私は、ポケットの中に押し込んでいた自分の携帯を服の上から押さえていた。

根拠はないが、なぜか危険な気がしたのだ。今の私にとって、秘密のアプリは守るべき第二の心臓で、失えば自分がどうなるかもわからず、咄嗟に守ろうとしてしまった。

一条は、そんな私を、べっとりとした眼差しで見下ろしていた。

「どうかした?」

その言葉が、囁くみたいに小さくて、でも鋭い刃物のように私の胸の奥をとんと突いた。それだけで腹の底まで切り開かれて、全てを見透かされているような錯覚に陥る。

隠し通さなければいけない秘密。そう思えば思うほど、周りを疑ってしまう。

——まさか、バレてない、よな。

あくまでも私は、服の上から携帯を押さえただけ。それだけだ。別に画面に触れたわけでもなく、アプリを開いていたわけでもない。だから、バレるはずがない。

「……いいや、なんでもねえよ」

「そっか」

一条は目を細めて、すぐに雰囲気を戻した。その途端、気が抜けたためか、どっと緊張と疲労感が押し寄せてきて喉が渇く。さりげなさを装《よそお》ってアイスコーヒーを口に含むが、味がしない。

一瞬だけ過る沈黙。得体のしれない違和感ばかりが胸にある。一条は確かに何を考えているかわからなくて、たまに不気味な奴だったが、あくまで不気味の域にとどまっていたはずだ。いわば、どこか根本的に人と違い、奇形で歪な魂を持っていそうなだけで、檻の中に入れられた珍獣のように、不気味ではあっても危険性は感じなかった。

けれども今は、そんな常識的な理性の壁というか、彼を閉じ込めていた檻のようなものが無くなっており、気を抜けば喰い殺されてしまいそうな危うさを感じるのだ。

そんな時、また呑気な学生たちの声が聞こえた。

「じゃあさ、今度は、あっちの噂は知ってる？」

「あっち？」

「あっちだよ、真っ白い殺人鬼の噂」

「なにそれ」

「なんかね、その殺人鬼に殺されたら、殺された人間は、この世から消えちゃうんだって。誰からも忘れられて、本当にいなくなっちゃうの。だから誰も、真っ白い殺人鬼のことを捕まえられないんだよ」

「ん？　なんかおかしくない？　誰からも忘れられるなら、その人が殺されたってわかんないじゃん」

「それがさ、たまに覚えてる人がいるんだよ。そしてね、真っ白い殺人鬼は次にその人を狙うんだ。だからさ、もしかしたらいつものこのメンツにも本当はもう一人いたかもしれなくて」

けらけらと笑いながら話す彼らは、噂好きそうで、楽しそうだった。

反面、私はなんだか臓物が冷えてきて、見栄や体裁でも笑えそうになかった。不思議と彼らの噂話が耳垢のようにこびり付いて離れず、耳を澄ませるみたいにして、思わず黙り込んでしまう。まるで唾がねばねばとした接着剤のようになって、唇や歯の上下をくっつけてしまったみたいだ。

そんな時、一条が沈黙を破った。

「そういえば、七浜さんはさ」

顔を上げると、彼と目が合う。

まるで蟲か獣か、はたまた狩人《かりゅうど》のようにしんとした双眸《そうぼう》が、こちらを見つめている。

「秘密のアプリって、知ってる？」

三輪・キャナウェイ（みわ・きゃなうぇい）

２０００年生まれ。

２０２１年『真っ白い殺人鬼』で「第３回ⅡＶクリエイターアワード」の最優秀賞を受賞し、同作品でデビュー。

人間の心の暗部、内に秘めた情念や苦悩を感性豊かな筆致で描く。

清原 紘（きよはら ひろ）

漫画家、イラストレーター。
コミック『十角館の殺人』（講談社）や
『Another』（KADOKAWA）のほか、
小説『万能鑑定士』シリーズ（KADOKAWA）の
装画やゲームのキャラクターデザインなど
幅広く活動する。

本書は2021年7月、ⅡV公式サイトに掲載された作品を
加筆・修正したものです。

真《ま》っ白《しろ》い殺人鬼《さつじんき》

2021年10月25日　初版発行

著者　三輪《みわ》・キャナウェイ

発行者　鈴木一智
発行　株式会社ドワンゴ
〒104-0061　東京都中央区銀座4-12-15歌舞伎座タワー
IIV編集部（メールアドレス）：iiv_info@dwango.co.jp
IIV公式サイト：https://twofive-iiv.jp/

ご質問等につきましては、IIVのメールアドレスまたは
IIV公式サイト内「お問い合わせ」よりご連絡ください。
※内容によっては、お答えできない場合があります。
※サポートは日本国内のみとさせていただきます。
※Japanese text only

発売　株式会社KADOKAWA
〒102-8177　東京都千代田区富士見2-13-3
https://www.kadokawa.co.jp/

書籍のご購入につきましては、KADOKAWA購入窓口
0570-002-008（ナビダイヤル）にご連絡ください。

印刷・製本　株式会社暁印刷

ISBN 978-4-04-893093-2　C0093
Printed in Japan